Tusenfotingen

Tusenfotingen

Gillis Bergh

Av

Gillis Bergh

2022

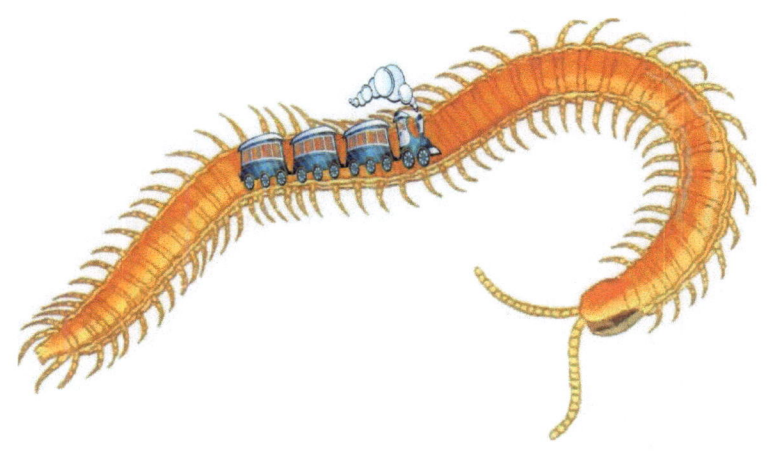

Tusenfotingen

𝕾𝖐𝖗𝖎𝖋𝖊𝖓 𝖆𝖛: 𝕲𝖎𝖑𝖑𝖎𝖘 𝕭𝖊𝖗𝖌𝖍 (pseudonym)

𝕭𝖎𝖑𝖉𝖊𝖗 𝖋𝖗å𝖓 𝕻𝖎𝖝𝖆𝖇𝖆𝖞

Förlag: BoD – Books on Demand,
Stockholm, Sverige
Tryck: BoD – Books on Demand,
Norderstedt, Tyskland
ISBN: 978-91-8027-872-0

Innehållsförteckning.

Innehållsförteckning. (fortsättning).

Lumpen. (prologen)

Som en tusenfoting ringlade det flera hundra ton tunga monstret fram genom landskapet. Skenet från dess gula pannlampa skar som en laserkniv genom nattens daggiga dis. Färden gick från den karga och iskalla norden ner mot mer snöblaskiga trakter. Allt hade hittills gått som på glödande räls. Monstret av stål rusade över rall efter rall under dieselmotorernas malande muller vars energi sprakade i eldkaskader om banvallen.

Genom flammande norrsken över frusna sjöars broar ringlade sig ett tåg på hjul som en tusenfoting upp och ner i dalarnas barrskogar. Detta dånande monster syntes ostoppbart ända tills lokföraren slog till bromsspaken. Tusenfotingens vagnar rätade prydligt in sig i ledet och rullade med ett gnisslande snällt in på perrongen i Vännäs. Anledningen var några alltför överförfriskade och berusade bråkstakar som härjat vilt i vagnarnas korridorer efter att grundligt och procentuellt ha stärkt sig i restaurangvagnen. Detta bassegäng drog högljutt muckens skrålande ramsa från första till tredje klassens sovkupéer. Konduktören såg ingen annan utväg än att via radio tillkalla lagens väktare från Umeå. I Vännäs fick patrasket hjälp med att utan pardon avstiga. Man fick minsann inte bära sig åt hur som helst. Inte ens på en transport av före detta meniga, vilket var fallet denna gång, då det handlade om hemförlovning av nyblivna civilister.

Precis som i vasaloppet skulle en lång resa i tiden med en drillning i ett motto av fädrens land för framtids segrar snart vara till ända för de hundratals pojkar som hädan efter skulle räknas som män.

Den militära utryckningen i civila kläder var slutpunkten för ett helt års harvande i snö och lera. I skavande kängor på sommaren och på ovallade laggar iklädd kritvit skiddräkt på vintern. Med mandom, mod och råg blev rekryterna drillade i den rygg där även bössan hängde i sin rem. Såväl kverulanter som simulanter tuktades med råge av barska befäl.

Kompanistraffet skapade ett grupptryck som ingen kom undan. Med tiden rättade man helt enkelt in sig i ledets reglemente som den pojke man var innan man uppgraderades till att bli man.

Många som gjort Lumpen har grubblat över vad som egentligen var tanken med värnplikten. Förutom det mest uppenbara, att Sveriges män skulle ha ansvaret för landets försvar, kan man även utan tvekan kalla värnplikten för den största uppfostringsanstalten någonsin i Sverige. Krigsmakten var på sätt och vis ett eget samhälle i samhället. Den styrdes av egna regler och normer. Länge var det till exempel uniformstvång som gällde för beväringen även när denne var ledig på permission.

2.

Tillstånd krävdes om beväringen ville övernatta hemma en natt mitt i veckan. Kaptenen ställde sig ofta restriktiv till att utfärda nattpermissioner som enligt reglementet undantagslöst bara gavs till de som hade fru och barn på närliggande ort i förhållande till regementet.

Att det förekom ungkarlar i form av ogifta beväringar som hade startat eget företag och behövde närhet till regementet för att på kvällarna kunna sköta sitt egna företag under värnpliktstiden togs det mycket lite hänsyn till. Man kunde godtyckligt hamna var som helst i landet. Den som klagade inför nämnden vid mönstringen kunde bli barskt upplyst om att denne skulle vara tacksam över att ha blivit placerad i Luleå och inte i Boden. Precis som om detta skulle ha någon avgörande betydelse i de fall hemorten låg i Sörmland.

Officerens ord var lag. Krigsregler gick inte att ifrågasätta ens under fredstid. Även om en fanjunkare eller furir hade hur fel som helst så hade han ändå rätt att bestämma. Det fanns heller ingen annan stans än till kaptenen på regementet dit beväringen kunde vända sig för att klaga. Någon instans för överklagan existerade över huvud taget inte. Den värnpliktige hade bara skyldigheter, inga rättigheter. Bara att beklaga.

Tre gånger om året skedde inryckning av värnpliktiga. Den nyligen inryckte fråntogs sina civila kläder och kallades för "Solis" och fick så heta till en ny grupp värnpliktiga anlände. Då blev "Solisen" till en "Glitterpinne" som kunde få en veckas permission och då sola sig i glansen av de nya skrattretande "Solisarna" som ännu inte fick vistas utanför regementets område.

När nästa grupp värnpliktiga anlände hade Glitterpinnen avverkat två tredjedelar av sin värnplikt och blev då upphöjd till "Basse". Då var man obestridlig "kung i baren" på "Markan" som regementets fik kallades. När tio dagar återstod blev "Bassen" adlad till en "CVA", med vilket menas civilaspirant. Strax före kom förmånen att hämta civila kläder hemifrån och erhålla ynnesten att få ha dessa hängandes i skåpet på "Luckan" (rummet på logementet) i beredskap för utryckning.

När allt elände till slut var över så kvarstod oftast det roliga i minnet medan det mesta av det värsta var glömt eller förträngt. Men kanske inte helt förlåtet, för en och annan manboy satt med frånvarande blick i sin kupé på hemfärden. Kuvad och stukad med en dold revanschlust inombords som tyst malde förtreten över ett förspillt år.

4.

För de flesta före detta beväringar var ändå stämningen på topp. Lagrarna hägrade likväl för basse och malaj som för studenten med framtidens lyckliga dagar.

Förhoppningsvis utan furirer och sergeanter, vars gormande inramats av revelj och tapto om och om igen under dryga kaserndagar där de meniga under de sista tio dygnen uppgraderats till civilaspiranter. Den tiopiggiga stålkammen togs då upp ur bakfickan och blev utsatt för skändlig misshandel. Pigg efter pigg vickades dagligen av från kammen.

Så kom då till slut den efterlängtade tionde kampiggens dag, när kompanier med okammat hår lämnade av i egna paltor. Kläder som i vart fall inte kliade så förtvivlat som armens persedlar gjort. Man efter man föstes som en man ut från försvarsmaktens härbärge dit nya pojkar var på väg med en annan tusenfotad transport. Bussar gick i skytteltrafik ner mot järnvägsstationen för vidare färd mot civila hem i mörkret.

En 100 mila resa väntade. Även den skulle komma att avslutas i mörker morgonen därpå. Ett skumrask på en perrong där pannlampan ersattes av röda ögon från bultande huvuden som kisande skådade ottan genom tusenfotingens fönster. I alla fall för de som deltagit i det nattliga firandet i restaurangvagnen innan medvetandet svartnade av ruset.

För några få andra räckte det tydligen bra att somna till ljudet av tusenfotingens sövande rusning, vilket kanske inte var lika kul men i alla fall inte orsakade baksmälla.

Och nu var vi där framme, dit vi väntat och drömt om att få komma under långa norrländska nätter.
Vid tusenfotingens mål. Där var och en gick hem till sitt.
Vad det nu var för något eller skulle komma att bli.
Ett kamratskap skulle ersättas av något annat man kanske skapat och sparat i minnet medan man ännu var pojke.
Eller så fanns det ingen riktig vetskap om vad som väntade den som nu blivit man.

Militärtjänsten gör ju precis ingen klokare. Man lär sig att inte tänka själv. Den menige ska bara lyda order till punkt och pricka. En högst märklig utbildningsform där ifrågasättande och kunskapstörstande pojkar prackas på en utstuderad taktisk klokskap där krigandets konst är i fokus. I stället för fred, som är ett mer kvinnligt mål.

Skillnaden är möjligen just beroende på att pojkar fötts av kvinnor och gjorts till män av män. Vilket skett i så långa tider nu att detta fått även de mest väderbitna konservatimister till att ha blivit så garvade över stridens hetta att de inte kan tänka längre än kulorna når.
Galenskap och dårskap tar sig många uttryck även i fredstid.

6.

Eken.

I Ekens stad var det avstigning för samtliga resenärer. Tåget skulle nämligen tillbaka till granskogen på nordkalotten via björkarnas stad i Umeå. Under sorlet av strömmens brus vid Ekens riksdagshus kunde vissa kisar lunka streetan hem på egna dojor. Förbi rader av nasarnas butiker som redan i ottan börjat beckna sitt rabbel och snask. Andra kisar reste vidare på den kollektiva limousinens rullande gatulinje, eller så tog de den kommunala tuben under jord på dess gröna, blå eller röda linje.

Det snackades på slangens dialekt från de som var från de tre väderstreckens kvarter. Söder, öster och norrmalm. Avsikten var nog mest för att trycka ner lantisarna som bara kunde ordspråkets leriga vokabulär. Men säkerligen även för att impa på den ljushåriga chinnonan som denna morgon serverade på centans hak. För Ekens borgerskap väntade snart julmarknaden i Gamla stan där hus på hus pyntats i den hägrande skumraskens ljus.

För övriga nydanade civilister blev det till att byta perrong och tåg för att komma hem. Så gjorde både 407:an Larsson och 139:an Engström. Andra tillmälen existerade inte längre för de som hjärntvättats med exercisens tvål.

Förnamnen hade det militära dristat sig till att plocka av Kalle, Bosse och Pellepojkarna per omgående vid inställandet på regementet ett år tidigare och då ersatt förnamn med nummer likt i olika sporter där landslagets adepter fick publika smeknamn som skulle försvara landets ära under vajande fana och trummande fans. Larsson och Engström passade på att kasta titlarna, nu när ingen fanjunkare lurade i faggorna. Du med varandra var de två visserligen redan tidigare. Som klasskamrater på högstadiet. Men nu blev Gunnar Albert Hubertus Larsson och Roland Harald Florentin Engström plötsligt Gugge och Rolle med varandra i rena yran över att åter vara hemma i fredens och frihetens urbana civilisation.

Även efter denna sista tusenfotings etapp inträffade det som alltid blev den slutliga upplösningen. Var och en fortsatte hem till sitt.

Larsson försvann bort mot busstationen. Engström fortsatte uppför backarna hem till sitt. Kylan var bitande. Betydligt fuktigare än på den i minusgrader räknat kallare breddgrad som Engström, utan kval, lämnat kvar över hundra mil bakom sig. Rent av råkallt var det. Engström frös och skakade som en hund i de alltför tunna kläder han bar. Sista gången han var hemma på permission så var det mild höst. Då reste han i grå uniform av sommarmodell. Men där och då hade han bunkrat med sig kläder att ha till utryckningen.

8.

Engström förbannade sig själv för att han inte tog med en varmare jacka och mössa och handskar. Men tänker man inte längre än näsan räcker så får man bita ihop tänderna så de inte skallrar sönder.

Med glatt humör och på tunna skor med en sula som var glatt befriad från räfflor tog sig Engström till slut uppför den sista isiga branta backen. Med nöd och näppe, ska det tilläggas. Det gällde att han höll sig i grusvägens kant och pulsade i snön där fäste kunde fås. För i den backiga vägens mitt följdes tre steg framåt av minst två glidande steg bakåt. Men besvärligheterna hade sin pluspoäng trots allt, för strapatsen gjorde att Engström höll ångan uppe vilket möjligen besparade honom några förfrusna öron. I alla fall minst två tänkte Engström när han hastigt höll händerna över öronen. Men fingrarna kändes inte vara fler än öronen just då så de åkte raskt ner i byxfickorna igen. Kallt var det i alla fall nu när denna lördag i december hunnit bli elva på förmiddagen.

Riktigt buskallt sa Bill. Busigt kallt var ordet sa Bull.

En klocka ringde.

Ovanför trappen av betong möttes Engström av den
bastanta ytterdörren av ek vars karm var försedd med en
vit knapp som fjädrade om man tryckte på den. Knappen
aktiverade en stor elektrisk ringklocka innanför dörren
som skrällde så det hördes ända ut på gatan. Rejäla grejor
alltså, till skillnad från modernare slimmade dörrklockor
med ett mer dovt klonkande ljud som mer påminde om
en gammal väggklocka som knappt hördes. I alla fall inte
för den som ringde på. Men fast det nu lät rejält när
Engström tryckte in knappen så hände inget. Dörren
öppnades inte. Nyckeln hade han dessvärre inte fått ta
med sig då frun i huset befarat att Engström skulle drulla
bort den i den militära leken. Dessutom blev Engström
uppmanad att förvarna om eventuell hemkomst, vilket
han också gjort vid de tre tillfällen han fått permission
under året. Även dagens datum för militär uttryckning
hade Engström aviserat om efter förfrågan hemifrån.
Visserligen per brev, så då kan man ju inte vara helt
säker på att budskapet kommit fram.

Onda aningar om detta uppkom efter ytterligare två
ringningar på dörrklockan och tio minuter efter ankomst
när dörren kallsinnigt stod kvar i stängt läge.

Nu började också läget för Engströms fingrar att bli om
inte kallsinnigt så i vart fall synnerligt kylslaget.
Och inte hade Engström några långa kallsingar eller
raggsockor på sig.

10.

Han skakade och frös nu inte bara som en hund. Känslan av att börja bli stel som en huttrande snögubbe infann sig. Att han inte vaknat i tid på tåget och därför inte ätit någon frukost ännu gjorde heller inte den inre motståndskraften bättre. På tom mage blir man inte varm i kläderna var Kajsa Wargs budskap i boken om hjelpreda i hushållet för landets unga fruentimber.

Goda råd var nu dyra, för uppenbarligen var det ingen hemma som kunde öppna åt honom. Det insåg Engström efter att ha lyssnat genom brevlådans inkast. Utanför tjöt vintervinden men inifrån värmens boning var det knäpptyst. Att bulta på dörren eller ropa i brevlådan var ingen lösning ansåg Engström, för dörrklockan lät högre.

Men så fick han en idé. Kanske herrskapet var nere i källaren och därför inte hörde dörrklockan. Engström gick stelbent ned för ytterdörrens trapp. I ögonvrån såg han en skugga genom det frostiga köksfönstret. Vid en närmare titt så liknade skuggan en svag diffus kontur av någon som satt framåtlutad vid köksbordet. Då gick Engström upp igen och bankade på dörren. Inget hände. Vad var nu detta, undrade han och tog ånyo en titt på skuggfiguren vid köksbordet. Den var lika orörlig som en bronsstaty. Högst besynnerligt. Engström gick runt huset till källaringången och vred om handtaget. Men även den dörren var låst. Innanför källardörren reagerade i alla fall husbonden på det gnisslande ljud som brukar uppstå när dörrens vred går upp och ned.

Husbonden låste upp källardörren och kikade ut men såg ingen utanför eftersom Engström då redan var tillbaka vid ytterdörrens trapp. Engström, som var ovetande om vad som pågick inne i huset, började bli villrådig och förstod egentligen ingenting, men han var nu ändå fullt övertygad om att allt inte stod rätt till.

Engström var precis på väg ut genom grinden för att springa iväg och larma polisen när han hörde ett gällt - *NEJ* som kom inifrån huset. Han vände sig om och såg att ytterdörren öppnades.

Husbonden stod i öppningen. Engström gick upp till honom och noterade att han såg ut som ett förstenat spöke där han stod i dörröppningen. Under sekunder som verkade som minuter yppades Inte ett ord från någon. Det var som om bådas hjärnor arbetade för högtryck för att komma på hur denna situation kunnat uppstå. Engström fick till slut fram ett fruset stammande om att det var Muck. Då fann sig husbonden någorlunda.

- *Kom in du*, sa han och tillade: - *Du kan väl gå upp till dig så länge.*

12.

Hjärnspöket.

I klivet upp till första trappsteget mot övervåningen sneglade Engström ur ögonvrån in mot köket. Han såg att skuggan fortfarande var kvar framåtlutad över bordet. I samma ställning som han sett förut genom fönstret. Men nu syntes skuggan inte längre diffust främmande. Skärpan hade förvandlats den till en fru i huset som inte såg ut att må så väl, och inte heller svarade upp på ett hej.

Kanske var det den olycksaliga migränens fel eller så var det något annat plågande som störde av någon annan obegriplig orsak. Engström kunde inte göra annat än att gissa friskt på flera alternativ, eftersom ingen sa något. Väl inne på sitt rum började han så smått tina upp i lederna, vilket fick honom att slappna av för en sekund eller två.

Då kom tröttheten smygande över honom med John Blund i spetsen. Helst skulle han velat lägga sig ner på sängen och somna bums. Det hade inte blivit så mycket sömn på tåget, då några trakasserande nyblivna civilister roat sig med att likt konduktörer gå vagn efter vagn och banka på varje kupédörr. I stället för att fråga efter biljetten så skrek de MUCK allt vad de orkade.

Otyget pågick några timmar under bästa sovtid innan de högljudda blev hesa och försvann eller somnade.

Engström satt på en stol i sitt rum och försökte få ordning
på tankarna i sitt hjärnkontor. Inombords malde i magen
en känsla av att vara icke önskvärd. Sist han var hemma
var han ju pojke i lagens bemärkelse. Men nu, efter
värnplikten, skulle man ju betraktas som man. I alla fall
vuxen. Vad det månne det som var problemet.

Han funderade också på vad villfarelsen av migrän kunde
tänkas utlösa. När han till slut försökte skaka av sig den
obehagliga villfarelsen så dök ett litet hjärnspöke
plötsligt upp ur aktivismen och viskade ivrigt om vikten
av att ändå agera. Ett råd som han tog fasta på, och också
gjorde för att inte vara till last om nu detta var
grundproblemet. Rent mekaniskt började han nu utöva
handlandets ädla konst. Ryggsäcken åkte fram ur
garderoben och fylldes till råge med kläder.

I packfickorna på sidan lade han ner tandborste, sax och
sin stora vildmarkskniv. En sovsäck i fodral bands fast
baktill på ryggsäcken. Det kunde nog räcka, tänkte
Engström. Packningen fick inte bli för tung att bära på.
Han funderade efter mer småsaker men avbröts av att
någon ropade på honom från nedervåningen.

- *Kommer strax*, blev svaret från Engström medan han
byltade på sig varma ytterkläder från övervåningens hall
och grävde fram vinterkängor ur garderoben. Väl nere i
tamburen satte han sig ner och började snöra på sig
kängorna.

14.

- *Vart ska du*, blev frågan från husbonden när denne kom fram från köket.

- *Vet inte ännu*, svarade Engström och reste sig upp med ryggsäcken i näven.

- *Du har sovsäck med dig*, konstaterade husbonden.
- *Ska du bo hos någon kompis?*

- *Nä*, sa Engström. *Jag tar nog tåget söderöver. Det är förhoppningsvis lite varmare där.*

- *Vart går tåget*, undrade husbonden.

- *Vet inte ännu*, sa Engström. *Jag går dit tåget går. Resten blir en fråga för morgondagen. Något ska man ju göra då också.*

Husbonden såg förbryllat förlägen ut när Engström vände sig om nedanför ytterdörrens trapp och tittade på honom.

- *Hör av dig om du behöver hjälp*, blev de snälla avskedsorden från husbonden.

- *Tack men det kan dröja*, replikerade Engström och stegade ut genom grinden.

Han följde därefter den väg i retur han nyss kommit ifrån. Nedför de glashala backarna mot tåget igen. Så mycket mer vart inte sagt denna muckardag i december. Den dagen som Engström från början tänkt glädja sig åt på något festligare sätt än att inleda en ny tågresa mot okänt mål. Att ha värnplikten avklarad ses av de flesta som en milstolpe som är värd minst en Guinness, vilket de dessvärre inte serverade i restaurangvagnen. Men för Engströms vidkommande fick firandet anstå till någon annan gång, någon annan stans.

Emigrationen.

Engström stegade in på tågstationen med sin rygg
och sovsäck. Nästa tåg söderöver skulle gå till Växjö,
upplyste den med skärm ovanför pannan ståtlige mannen
i biljettluckan. Avgångstid 15.35. Om cirkus två timmar
då, konstaterade Engström, för klocka hade han på
armband.

- *135 riksdaler kostar biljetten*, sa den ståtlige mannen.

En summa som grävde en stor grop i Engströms plånbok.
Det så kallade utryckningsbidraget han och alla andra fått
var på 350 kronor. Reskassan krympte nu raskt till 215
kronor, vilket var detsamma som Engströms hela
förmögenhet på fickan just nu. När han löste in biljetten
kom gliringen som på beställning från andra sidan luckan
med anledning av sovsäcken på ryggen.

- *Ska ru ut å campa*, sa den ståtlige och flinade.

- *Jävla Glitter*, muttrade Engström, för det var vad
Bassarna kallade uppnosiga beväringar. De som hade
längre kvar till Muck än en Basse. Än levde chargongen
från det militära kvar.

Växjö lät bra, tyckte Engström och drack vatten ur
fontänen i väntrummets mitt. Den drycken var ju i alla
fall gratis. En större stad i Småland där jobb och bostäder
säkert fanns att tillgå passade honom perfekt just nu.
Småland upprepade han för sig själv. Ända till Småland.
Det kändes nästan som att emigrera.

Femton trettiofem avgick tusenfotingen från perrongen
med bara några sekunders försening. SJ kan man lita på
i alla väder, myste Engström. Förutom när det blir
solkurvor eller fastnar löv på rälsen förstås, för då kan det
spåra ur. Eller när det blåser för då ramlar elledningarna
ner eller så kan det bli växelfel eller så går inte tågen av
en av många andra anledningar som kan tänkas råka
strula till tågordningen det allra minsta.

Engström funderade hit och dit innan han kom fram till
att det nog bara var rena turen att tåget kom iväg som det
gjorde. Själv somnade han tämligen bums. Sittande vid
fönstret i den tredje klassens kupé han delade med sex
andra. Restiden var satt till dryga fyra timmar, men med
tre byten där en konduktör varje gång fick ruska liv
i honom likt en sovande stock. Vilket fick till följd att när
tusenfotingen väl tuffade in på Växjö centralstation var
Engström lika trött som innan han emigrerade.

18.

Härbärget.

Från det snörika iskalla Norrland där dagen varade i tre timmar via ett bistert Svealand till Götaland, där dagens ljus lyste upp tiden längre, till mitt i mörkaste Småland. Förändringen var stor men temperaturen kyligt bister. Dessvärre räckte inte kronans bidrag längre än så. Brrr, huttrade Engström rakt ut i frostdimman och önskade han hade haft medel nog att fortsätta till Grekland. Men nu var det som det var. Bara att bita i det sura äpplet. Och det hade nog Engström gjort om han haft något. För hungrig var han. Rent av utsvulten. Från korvkiosken på Kungsgatan doftade det gott, men också dyrt. Det tog emot att gå förbi, men nöden har inget val när kassan är skral. Han mötte en något ostadig A-lagare som han frågade var polisstationen låg. Och jodå, besked fick han med ett rejält svar på tal.

- *Vadå ra, va ska ru där å göra*, undrade fyllot.

- *Ehh*, sa Engström och föll in i värnpliktreglerna.
- *Jag tänkte bara anmäla mig.*

Jaså ru. På de viset. Du e eftersökt alltså. Å nu tänker ru lämna in frivilligt? De skulle jag aldrig göra, sluddrade fyllot. - *Snuten håller till på Storgatan, bakom nästa hörn där borta. De kvarteren ska man runda så man inte hamnar i arresten. Men skyll dig själv pojkvasker.*

Jojo, tänkte Engström, som såg lite mer nyktert på tillvaron. Till att hålla värmen var nog en varm säng ändå att föredra framför en halvpanna koskenkorva.

Men en brits på arresten hos polisen var inte något han efterfrågade. Snarare en säng på något härbärge, som säkert fanns i krokarna men kanske inte på gångavstånd. Förhoppningsvis visste polisen var härbärgena låg och kanske kunde hjälpa till med att ringa och kolla om det fanns en plats över för en natt eller två tills helgen var över och arbetsförmedlingen öppnade.

Engström såg inte snutkvarter som något man behövde hålla sig undan. Han var ju inte kriminellt belastad och inte heller på rymmen från något brott eller straff. Engström hade över huvud taget aldrig varit i klammeri med rättvisan. Inte ens så mycket som böter för felparkering hade han dragit på sig. Ambulans hade han kört och likaså brandbil i det militära men aldrig suttit i en polisbil, vilket han särskilt tänkte framhålla för att om möjligt kunna snylta åt sig en skjuts till något härbärge om det behövdes.

Inne på polisstationen satt en ensam aspirant bakom en disk med penna och block redo att ta emot Engströms anmälan. Men han kom av sig då frågan bara gällde om det fanns något härbärge i stan.

- *Var kommer du ifrån*, undrade Aspiranten.

20.

- *Från Norrland*, sa Engström. *Jag har precis muckat och nu behöver jag jobb och bostad.*

- *Jaha*, sa Aspiranten. *Men nu är ju detta en polisstation och ingen plats för förmedling av jobb eller bostäder. Sånt sysslar inte vi med, ser du. Var bodde du innan?*

- *Där kan jag inte bo*, svarade Engström. *Och jag har inte råd med hotell. Inte vandrarhem heller. Känner du till något härbärge eller inte?*

- *Tja du kan ju alltid höra med "Frälsis". Du får en karta av mig här så prickar jag in var de har sin lokal. Det ligger en halvtimme bort ungefär.*

- *Kan du ringa och kolla om det finns plats*, undrade Engström. *Och jag kanske kunde få skjuts dit med en patrullbil. Det vore kul för jag har aldrig åkt polisbil någon gång. Men ambulans har jag kört i det militära och transporterat skadade och jag har även kört brandbil. Med utryckning och släkt bränder. Det är ju samhällsnyttiga jobb precis som polis. Eftersom vi ju är i samma bransch så att säga, eller jag har i alla fall varit det, så tänkte jag att….*

- *Nä du*, avbröt Aspiranten. *Du får ta dig till "Frälsis" själv. Någon taxirörelse bedriver vi inte här och ska du ringa får du använda telefonkiosken på torget.*

- En halvtimmes promenad orkar du nog med, fortsatte Aspiranten. *Knata på med raska steg så håller du dig varm. Berusade tjejer brukar vi köra hem så de inte råkar illa ut, men du är ju kille och dessutom verkar du inte vara på lyset så du kan nog reda dig själv.*

- Förresten så plockade vi upp en något överförfriskad men inte direkt asberusad femtonåring igår. Hon var på väg hem till Halmvägen 7 sa hon, och det var ju en bit därifrån. Vi erbjöd henne skjuts med tanke på personsäkerheten och det accepterade hon tacksamt som det verkade. Tjejen var ganska ångerfull och som de flesta vi skjutsar hem så bävar de för vad föräldrarna ska säga om de kommer hemkörda i en polisbil. Så jag tänkte vara bussig denna gång och körde förbi Halmvägen 7 och stannade till utanför villan på Halmvägen 9 så att föräldrarna inte skulle se polisbilen.

- Snedda över grannens tomt så ser inte föräldrarna att du har åkt polisbil hem, sa jag. Men det visade sig att hon tänkt likadant för det var på Halmvägen 9 som hon egentligen bodde. Jag började garva och det gjorde hon också. Sen frågade jag om hon ville att jag skulle följa med in och förklara, men hon avböjde. Ibland är det kul på jobbet, garvade Aspiranten, men bara ibland. Vissa klientel kan vara ganska så vränga faktiskt.

22.

- *Vet du förresten vad den vanligaste ursäkten är till att ha ertappats med att ha kört över 250 knyck på motorvägen?*

- *Nä*, sa Engström *det vet jag inte.*

- *Jo de säger oftast med förvånad glädje att "de inte visste att bilen gick så fort".*

- *Kul*, sa Engström med illa dold missnöjdhet.
- *Men vet du varför så många känner sig otrygga och tycker att polisen klarar upp för få brott?*

- *Nä*, sa Aspiranten. *Men den statistiken är orättvis. För vi gör vad vi kan.*

- *Kanske det, men misstroendet beror antagligen på att polisen inte i tillräcklig grad är ute och patrullerar områdena i bil, för att det är bekvämare att sitta inne på stationen och dra historier*, sa Engström samtidigt som han snabbt flydde ut genom dörren.

Engström påbörjade sin vandring genom en stad där hus på hus skuggade gators grus allt medan dagen dök ner i ett mörknande ljus. Under åratal hade mark och infrastruktur tagits tillvara som resurser för att få livsutrymmet att minska till gagn för nya innevånare.

Så bygger vi en sammanhållande stad, skröt Nils Dackes arvingar.

Ut med det gröna och in med det grå. Där framme går en höna under himlen blå. Stöna du men traska på. Snart skall du fram till "Frälsis" nå. Hej och hå.

Blod och eld är Frälsningsarméns motto. Det syftar på Jesu försoningsblod och den Helige Andes eld. Mottot återfinns bland annat på rörelsens fana samt dess vapensköld och är hämtat från första Johannesbrevet.

24.

Skylten gick inte att missa. Högkvarteret för stadens armé lyste i neon på fasaden. Likt Frälsningsarméns motto tog Engström köksvägen in i härbärget genom eld och blod för det stod en braskamin i kökets förmak vars kant han skar sig på. En låst dörr nedanför en sunkig källartrappa öppnades snart av en färgglad frälsningslotta. Att hon var en soldat ur kåren gick inte att missta sig på. Frälsningsarmén stod det skrivet i gult på rött på det mörkblåa bandets svarta hatt av bahyttmodell, som hatten heter på franska men den kunde lika gärna vara av badhyttmodell. I hennes ansikte flammade den gula elden i empati för den hemlöse vars blod skulle hjälpas till att flyta vidare inne i ett härbärge. Vem man var eller kom ifrån var ovidkommande.

En plats på ett natthärbärge var gratis för den som var mantalsskriven i staden. För övriga togs i regel ut en kostnad på 20-30 kronor per natt vilket oftast drabbade den som nationalistisk inte liknade Nils Dacke. Engström, som ofta tog fasta på det historiska, bad därför om en sovplats över helgen under uppgivande av alias Nils Dacke. En begäran som han beviljades helt reglementsenligt gratis av en annan frälsningssoldat som han gissade var kapten i armén även om hon råkade sakna armbindeln med gradbetecknande streck. I alla fall verkade hon mer intresserad av sagor för hon svarade upp på Engströms pseudonym Nils Dacke med att presentera sig själv som Lotta från Bråkmakargatan.

Armé som armé, tänkte Engström. Rutinerna verkade vara detsamma. Men i givakt tänkte han inte stå någon mer gång. Nä, minsann. På den punkten fick all världens armé allt "skita i det blå skåpet" i fortsättningen, menade Engström. Men hej vad han bedrog sig.

- *Var ligger toaletten*, undrade Engström.

- *Där borta, längst ner i korridoren*, svarade Lottan. *Du går in genom den blå dörren. Lite trångt är det. Ungefär som ett skåp. Men du, Nils Dacke - glöm inte att spola efter dig och skita framför allt inte ned utanför stolen.*

Efter dubbel portion pölsa och potatis somnade Engström in på en överslaf i rummet han delade med fem andra herrar. Tio minuter senare vaknade han i tron att hela sågverket i Sundsvall hade flyttat in. Ända från Ångermanälven drogs timmerstockarna, som nu for omkring som öronbedövande jetplan i luftrummet.

Engström stod inte ut med att ligga och lyssna på snarkandet så han hasade sig ner från överbädden och gick ut till Lottorna i köket. Men de hade varit med förr. Nu såg de till att han fick öronen fullproppade med bomull så han blev helt lomhörd. Därefter pekade de mot sovrummet, vilket nog betydde att han skulle återvända dit, marsch pannkaka.

26.

Hönsa-Karin.

Söndagen började med "purrning" klockan sju. Lottorna plingade med miniatyrer av kyrkklockor inne i sovrummen tills alla var på benen, vilket Engström tyckte lät betydligt trevligare än den revelj med trumpet som väckt honom i nästan ett år. Att ligga och dra sig halva söndan var inte tillåtet. Alla skulle upp och klä sig och sängarna bäddas. Därefter serverades frukost i köket. På rader satt det utslagna stackars satar och sörplade filmjölk mellan glesa tänder. Ingen Lotta hade frågat Engström rakt på sak vem han, varifrån han kom och varför han var där han var. Men en och annan gäst undrade nyfiket. Namnet är Nils Dacke och jag kommer från Norrland var Engströms standardsvar i alla lägen där någon form av identifikation lurade bakom frågan.

Allehanda vresiga påpekanden om att Nils Dacke kom från Småland och att han själv varken pratade småländska eller norrländska besvarades med tystnadens strategi. Engström hade bestämt sig.

Han tänkte till varje pris inte avslöja vem han var förrän han fått ordning på tillvaron. Det enda han bar som kunde avslöja honom var körkortet, men det hade han noga gömt i jackfodret. Dagen kunde tillbringas i allrummet. Där fanns TV, tidningar och olika spel att förströ den som ville det.

Engströms mål var socialkontoret för att höra om egen bostad och därefter arbetsförmedlingen. Men de öppnade först på måndag så en natt till på härbärget fick han tacksamt stå ut med. Bättre det än att sova i någon port eller källarskrubb.

Efter en redig frukost och några spel mot en slipad schackmästare, där han inte hade en skugga av chans så begav sig Engström ut på stan. På stortorget var det Julmarknad med stånd fyllda av allehanda hantverk, matprodukter och rader av krimskrams. På trappen till residensets palatsliknande byggnad stod Hönsa-Karin och yrade ut landskapets berättelse i etern via en skrapig högtalare.

Det lät rent förskräckligt ihåligt om allt mellan Kosta glasbruk och Åsnens nationalpark. Betydligt bättre var soundet utan högtalare när hon och hennes trintett i kör, under stämningsfull anda, sjöng visan om Flickorna i Småland. En karusell snurrade runt med förtjusta barn vars skrik harmonierade med spelljudet från det positiv en frälsningslotta stod och vevade på.

Stämningen var tjo och tjim överlag.
Även den kringvandrande Jultomten syntes vara på gott humör om än i något ranglande tempo med yviga gester som skvallrade om att denne nog inte bara fått julmust under västen.

Allt utspelade sig på platsen där två vägar möttes vid en sjö för några hundra år sedan. Nu var det inte så värst många innevånare som bosatte sig där förrän en bit in på 1800-talet. Då växte platsen vid sjön rejält i invånarantal till att bli till ett forum med stadsprivilegier.

Måhända växte sjön bredvid också, om inte till ytan så nog växte den igen av vass när den fick ta hand om allt avlopp. Skit in skit ut alltså. Med andra ord skit samma för båda fick i alla fall namnet Växjö. Troligen den enda stad i världen som har en stor sjö innanför stadsgränsen. Men så kom en tid av nödår då många utvandrade till Amerika vilket medförde att Växjö var nära att nedgraderas till en byhåla igen.

Industrialismen rådde bot på det hotet i Växjö stad, men har som bekant skapat ett annat hot i form av global överhettning. Men några hundra nödår lär väl råda bot på detta fenomen också. Själva Växjö-sjön har nog repat sig redan eftersom stigen runt den med 3 miljoner liter vatten fyllda pölen numera kallas för hälsostigen.

Eller är det måhända som smålänningarna säger,
att lite skit skadar inte den som är nödig.

Engström gick det i alla fall ingen nöd på där han strosade omkring och smaskade i sig gratis julkorv, ost och allehanda delikatesser från nasarnas väldukade provsmakningsbord.

Även gratis glögg fanns att tillgå, om än alkoholfri och i alltför små doserade koppar av plast.

Efter denna superba julmiddag under ackompanjemang av Hönsa-Karins skrockande visor och berättelser så återvände Engström, mätt och belåten till härbärgets varma boning.

Knegaragenten.

Den sociala omsorgen var väl inte Enströms signum
direkt. Han gick mest sin egen väg. Nu bar det sig inte
bättre än att han trots allt stegade in på Socialkontoret
i Växjö. Där fick han vackert sitta i kö och vänta på sin
tur denna näst sista måndag för året. Oturligt nog
handlade det om att bli socialt utredd av en
biståndshandläggare. Hans behov av samhällets omsorg
var glasklart här i glasriket. I vart fall önskade han hjälp
med anskaffandet av en bostad. Detta eftersom han inte
stod i någon bostadskö. Varken i Växjö eller någon
annan stans.

Och bistånd till första hyran behövde han kanske.
Om än inte i första hand så i den andra handen med
någon handpåläggning utöver muckarbidraget, vilket inte
vore fel. Att få arbete i bygden såg han som tämligen
självklart. Jobb fanns det gott om i landet och arbetskraft
efterfrågades till både det ena och det andra. Men lönen
han kunde tänkas få var ju så här på förhand tämligen
oklar om den räckte till både hyra och mat. Men
någonstans att bo måste han ju ha. På härbärget kunde
han inte tänka sig att bo kvar. Han började med att lägga
ut texten lite försiktigt och sa att han hette Nils och att
han nyligen avslutat sin militära utbildning i Norrland.
Han förtydligade att han inte var bosatt i Växjö men att
han inte kunde bo där han bodde innan han ryckte in i det
militära. Något mer om sig själv tänkte han inte berätta.

Handläggaren lyssnade artigt på honom, men med nitisk stirrande blick bakom glasögon på nästippen. Engström försökte vara rakt på sak medan Handläggaren var mer angelägen om att hålla ett helt föredrag om hans skyldigheter på det byråkratiska modersmål som för Engströms öron liknade rena serbokroatiskan.

- Den kommun en utsatt vistas i kan i vissa fall bli skyldig att bistå med utredning och verkställighet av en insats, började Handläggaren. Vi socialassistenter har i uppdrag att motverka aktiv medverkan till bosättning i annan kommun än den vederbörande är mantalsskriven i. Det är för att förhindra så kallad "social dumpning". Det vill säga att vi får hit oönskade element som inte bidrar till vårt samhälle här i Växjö. I och för sig kan vi som vistelsekommun då i vissa fall bli skyldiga att bistå med utredning och verkställighet av en insats av något slag. Som till exempel tillfälligt boende i väntan på transport till hemmahörande kommun. Jag tycker att du i första hand borde vänt dig till socialvården i din nuvarande kommun. Den biståndshandläggare du blir tilldelad där är nämligen skyldig att utverka en utredning som tydligt beskriver ditt hälsotillstånd samt ditt aktuella behov av stöd och hjälp. Du bör ge ditt samtycke till att information som behövs för utredningen får inhämtas från andra berörda enheter eller myndigheter.

- Om du haft en inkomst så hade detta underlättat för dig att söka bostad och att själv välja var du vill bo, i vilken kommun och så vidare. Men eftersom du varken har förvärvsinkomst eller bostad så är du beroende av försörjningsstöd från din hemkommun. Om vi skulle erbjuda dig hjälp här i Växjö så kan det försvåra dina förhållanden eftersom man under tiden man har pågående bistånd inte får fördyra sina boendekostnader. Det sociala understöd du i så fall skulle få här till bostad och försörjning räknas nämligen som en utgift som belastar din hemkommun. Paradoxalt nog så innebär nuvarande sociala lagstiftning att har du inget arbete så erbjuds du inget försörjningsstöd annat i din hemkommun där du är mantalsskriven. Det bakvända innebär då att om du inte har försörjningen ordnad så kan du heller inte erbjudas någon bostad. Som ett tredje sammelsurium kan jag tillägga att det vanligtvis är ganska så problematiskt att utföra ett arbete om man inte har någonstans att sova på nätterna. Mitt råd är då att du helt enkelt återvänder till din hemkommun. Bidrag till den transportkostnaden kan jag utverka för det har jag rätt till, avslutade handläggaren.

Jaha, tänkte Engström. Så var det med det.
Den föreläsning han nyss lyssnat på kunde lika gärna ha kommit från en bandspelare. Helt uppenbart så var han icke önskvärd här heller. Ett oönskat element hade handläggaren sagt.

Man uppfattade honom som att han mer eller mindre blivit socialt dumpad här i Växjö. Sämre omdöme gick nog inte att få.

Som en påse nötter var precis vad Engström kände sig. Under byråkratins svammel lyser alla möjligheter med sin frånvaro. Inget mer att snacka om, tänkte han när han utan ett ord reste sig upp och gick.

På arbetsförmedlingen gick det något bättre. Där var det inte ens kö till en kalrakad medelålders man som, enligt namnskylten på kavajslaget, titulerade sig Förmedlare. Den kalrakade visade tydligt att här ansträngde man sig i alla fall för att bistå någorlunda hyfsat, tyckte Engström.

Något inslag som tydde på att Förmedlaren själv arbetade med att montera bort oönskade element eller att Engström skulle ges ett socialt uppdrag såsom sopsorterare på kommunens avfallsanläggning nämndes inte i sammanhanget.

Skillnaden låg antagligen i att utbudet var bättre här på arbetsförmedlingen än på socialen. För där verkade de ha brist på det mesta av både bostäder och nationella rutiner och var inte intresserade av att få fler kunder på halsen som saknade egen försörjningsförmåga i form av pengar medan det på arbetsförmedlingen fanns jobb att söka i överflöd även för den som saknade pengar.

34.

- *Jo du*, replikerade Förmedlaren på Engströms fråga om det fanns några jobb på lut. - *Här behöver vi arbetskraft.*

- *Sedan beror det ju naturligtvis på vad var och en kan och vill arbeta med. Och det är på den punkten jag är till för att hjälpa dig att hamna på rätt plats i tillvaron. Lika viktigt är detta för företagarna som söker personal. Att de ges rätt urval till sina anställningsintervjuer. Jag, som är utbildad matchningsspecialist är en garant för att arbetssökande kan ta de jobb som finns ute på marknaden. Jag skickar inte kreti och pleti till ett företag som sysslar med högkvalificerad verksamhet, om du förstår vad jag menar.*

Jo då, det förstod Engström alldeles utmärkt. Och det sa han också. Att arbeta för något kreti och pletiföretag var han inte intresserad av då han inte ansåg sig tillräckligt kvalificerad för knepiga arbetsuppgifter på en så hög nivå. Men det där med matchningsspecialist lät mest som skryt i hans öron. Mannen på andra sidan skrivbordet var en knegaragent och inget annat.

Men det sista sa han inte högt.

På frågan om vad han hade för utbildning och vad han kunde tänkas jobba med svarade Engström som det var. Att han hade jobbat med lite allt möjligt och tyckte sig vara ganska så händig med det mesta.

- Men jag behöver ett jobb där det finns bostäder lediga för jag har ingenstans att bo. Just nu bor jag på Frälsningsarméns härbärge. Kommer just från socialen men de verkade inte benägna att kunna hjälpa mig.

- Nä, förstår det, sa Förmedlaren. *I Växjö råder det bostadsbrist men i grannorten Lessebo finns det däremot gott om lediga lägenheter.*

- Vad finns det för jobb där, undrade Engström.

- Allt möjligt, sa Förmedlaren. *I Lessebo finns bara ett stort företag och det är Pappersbruket. De önskar mer personal till både enkla och mer kvalificerade uppgifter.*

Engström fick med sig en broschyr om Lessebo handpappersbruk där han kunde läsa att bruket låg i Hovmantorps socken och var en papperstillverkare som producerar papper på traditionellt vis med holländare, kyp och formerings-ramar ända sedan år 1693, vilket han misstänkte kunde bli knepigt då han inte behärskade holländska.

Men nåja, småländska var ett grötspråk det också, så det så. Det var ett av mycket få kvarvarande kommersiellt drivna handpappersbruk i Europa, stod det. Bland produkterna kunde man hitta akvarell och skrivpapper med mera med mera.

36.

Till Lessebo kunde man komma på flera sätt. Dock inte med tåg längre då rälsen togs bort året 1924. Innan dess stannade tåget för av och påstigning i Lessebo på sträckan Växjö-Karlskrona. Tåget ersattes av en buss som gick mellan Emmaboda och Växjö med en hållplats mitt emellan i just Lessebo. Och det var ju bussigt det.

Engström kollade upp att vägen till Lessebo från Växjö var ungefär 35 kilometer lång och skulle ta si så där en dryg halvtimme med en buss som stannade vid varenda mjölkpall. Men biljettkostnaden var en extravagans som han inte ansåg sin plånbok riktigt mäkta med. Fågelvägen mellan Växjö och Lessebo sades däremot vara endast 31 kilometer, vilket skulle ta mindre än en halvtimme, men var enbart farbar för den som kunde flaxa fram som en kråka då Lessebo saknade flygplats.

Apostlahästarna var det färdmedel som Engström slutligen bestämde sig för, väl medveten om att detta skulle ta ett antal timmar och att han av ren trötthet förmodligen skulle halta fram som en kråka sista milen.

Mörkaste Småland.

Som en kritvit fåra banade sig landsvägen in i obygden där gammelskogen under förra århundradet rensats undan av torpare och statare för att ge godsägarna utrymme för sin framtida urbaniserade rikedom av trädplantage som naturen nu fick hålla till godo med.

Kilometer efter kilometer av traskande skor vandrade i en blankplogad fåra som i grunden var grusad men av vädrets makt begåvats med snö som packats till is. Denna osandade halkbana tycktes bära ända in i oändlighetens mörker mellan barrig skog.

För en sörmlännings öga tycktes det inte finnas någon vägs ände på denna labyrint av mörka Småland. Efter varje krök dög en ny kilometer upp av landskapets likaledes dystra signum. Solen glittrade som tur var emellanåt in sin värmande närvaro mellan svajande grannars toppar. Men trots fallande kottar från gran och fur så stannade inte en enda passerande kotte för en liftande tummes bön om skjuts. Sandbilen lyste frenetiskt med sin frånvaro när Engström till slut fann för gott att hellre pölsa fram i vägens kant än att riskera att trilla på öronen och få benbrott. Snåla smålänningar var nog inte bara ett begrepp i sagorna. Det var bara att inse att de faktiskt existerade på riktigt.

Efter någon mil öppnade sig naturen i ett fältlandskap
kantat av stengärdsgårdar. Här och var skymtade fasaden
av något gammalt övergivet torp i skogsbrynen. Från ett
gårdshus rykte det ur skorstenen. Engström bestämde sig
för att vika av från den stora vägen.

En smal oplogad väg förde honom mot den hägrande
stugvärme som röken ur skorstenen skvallrade om. Längs
skogens bryn mot en lada var fältet intill den lilla vägen
kringgärdat av ett gammalt stängsel av rutnät på störar
som såg helt annat än ogenomträngligt ut.

Spår på marken skvallrade om att några kängor med grovräfflad sula hade trampat upp en ränna i vägens mitt som i övrigt var migrerad med klövtryck av mindre format. Engström gissade först på rådjur men fick tänka om när det började bräka ur ladan bakom stugans gårdsplan. Inifrån stugan hördes ett dovt harklande när Engström knackade på dörrens klaff av mässing. Den var prydd med ett lejonhuvud som dessvärre var så illa korroderat att det inte tålde att få en klapp på huvudet. Lejonet ramlade ner i småbitar på Engströms fötter som lite skamset samlade ihop skärvorna innan han steg in i stugans förmak. Där mötte honom en kutryggig man i överåldern som överraskade Engström med att först undra varför han kom redan idag.

- *Ni skulle ju inte komma förrän i morgon*, sa mannen!

Engström kom inte riktigt på vad han skulle svara på detta innan han blev utföst under uppmaning att gå till ladan och se till att fåren hade mat och vatten medan han ännu var påklädd.

- *Och så kan du ta in mer ved också*, tillade den kutryggige innan han stängde dörren under ett muttrande om att skicka pojkspolingar, vad som nu menades med det.

Där ute i kylan stod nu en något till häpen Engström på stugans farstukvist och hörde sig själv säga för döva öron att det kunde han väl göra. Mata fåren och bära in ved alltså. Hur svårt kan det vara?

Innanför ladugårdsdörren kom han på andra tankar när det visade sig att verkligheten blev precis så där svår som den inte skulle vara. En bräkande mur av ull var vad som mötte Engström som inte visste så mycket om får.

Men eftersom fåren inte hade horn så borde de i alla fall inte vara farliga. Dessutom var de här ganska små i höjden. De kanske inte är fullvuxna, funderade Engström och banade sig väg in genom ullskocken. Vattenkannor stod intill en kran så det var bara att fylla på i hoarna.

Fåren trängde ihop sig i andra änden på ladugården varifrån Engström kände ett istadigt stirrande av misstro. Engström undrade lite över varför ingen kom fram för att nosa, men det gör kanske inte får. Tomma mathoar stod på jordgolvet som för övrigt var ganska nedbajsat.

Engström sopade ihop avskrädet medan han funderade på vad hoarna var till. Inte hö i alla fall för det fanns på logen ovanför. I ett skåp hittade han påsar med något som liknade torrfoder till hundar och kunde tänkas vara mat till fåren Eller så var det inte mat. Fåren fick nöja sig med en höbal så länge.

Men det tyckte inte mannen i stugan när Engström klev in i farstun igen. Denna gång utan att slå på dörrklaffen.

Efter en vända till hos fåren återkom Engström för andra gången. Då blev han uppmanad att gå ut i köket.

- *Nu när du ändå är här så kan du laga mat*, tyckte mannen.

- *Nja*, sa Engström som började bli trött på att kommenderas. - *Bara om jag får mat själv också.*

- *Jaså du,* sa mannen. *Hemtjänsten börjar ta sig friheter. Men du ser lite tanig ut så det får gå för den här gången.*

Med en märklig motivering att det var torsdag i övermorgon så ville mannen att pannkakor skulle lagas. Ett önskemål som Engström inte protesterade mot på något vis. Pannkakor var gott det och om nu sanningen ska fram så var pannkakor dessutom den enda maträtt han kunde laga.

Vid middagsbordet kom titlarna fram på bordet. Mannen sa sig heta Harry Hannibahl och vara pensionär. Efter några sekunder kröp det fram att han till och med var sjukpensionär, precis som det skulle vara en bättre titel.

Engström presenterade sig med sitt tredje förnamn, Florentin vilket fick Harry att storskratta och säga att han egentligen hette Harald och menade att Engström nog kallades för Florre, vilket även roade Engström eftersom hans andranamn var Harald. Och så var i alla fall den från början lite buttra stämningen som bortblåst.

- *Nå,* sa Harry när pannkakorna var slut. *Du var mig en baddare på att äta pannkakor eller så var du helt utsvulten. Har ni så dålig lön på hemtjänsten så du inte har råd att köpa mat?*

- *Nja,* svarade Engström. *Jag har inte ätit sedan i morse i Växjö och det där med hemtjänsten har du fått om bakfoten. Jag är på väg till Lessebo för att söka arbete på Pappersbruket. Jag gick förbi på vägen utanför och såg att det rykte ur skorstenen så jag knackade på för jag tänkte be om lite vatten men det glömde jag bort när jag inte fick en syl i vädret då du började domdera.*

- *Det var som tusan,* sa Harry och skrattade. *Och så åkte du på att mata fåren och laga mat. Ja jag säger då det. Eftersom du har gått ända från Växjö så förstår jag att du var hungrig. Men jag kan tal om att du är bara halvvägs till Lessebo och lär inte hinna fram innan det blir mörkt.*

- *Nä kanske det,* sa Engström. *Du tror inte att jag skulle kunna få sova över uppe på loftet i ladan?*

- *Det blir det inte tal om,* sa Harry. *Jag har ett gästrum i stugan. Där kan du sova över. Visserligen lite ostädat nu. Den som sist bodde där var min brorson, men det var några år sedan.*

Harry berättade på kvällen att han hade bott i stugan i hela sitt liv. Hans pappa, Adolph Hannibahl, var född i Tyskland men mamman, Kristina Granberg, var en äkta smålänning. Det var bror min och jag som växte upp här på Ängsgården, men han är död sedan 3 år tillbaka och hans fru också. De omkom i en flygolycka.

44.

Harry föräldrarna hade haft det kämpigt efter andra världskriget på grund av att pappan var tyskfödd. Att han kom till Sverige långt innan kriget och pratade flytande småländska spelade ingen roll för de som efter kriget hatade tyskar som pesten. Fadern, som var en duktig timmerman, arbetade vid på sågen i Lessebo där det var stor efterfrågan på timmermän före kriget. Men trots oförtruten avverkning så fanns det efter kriget plötsligt inget behov av de som råkade ha ett tyskt namn.

Harrys far lyckades få lite "påhugg" med trädfällning men den inkomsten gick inte att leva på så det var då som fåruppfödningen började. Den som Harry sedan själv tog över när föräldrarna dog. Själv hade han visserligen inte haft så många lekkamrater eller vänner men han hade behandlats väl i skolan och inte känt sig utpekad som något oönskat tyskbarn.

- Jag kan berätta för dig Florre, att Tacktorpsfår är en svensk fårras som tillhör gruppen allmogefår av nordiska kortsvansfår. De härstammar från gården Tabakatorp i Värmland och är små till växten som du kunde se.
De flesta är helvita men en del har svarta fläckar lite här och var. Tackorna är kulliga vilket betyder att de är runda om huvudet men baggarna kan ha horn men inte alltid. Svansarna på dem är alltid korta och ullfria.

- Små ögon har de i förhållande till andra får och så har en del av dem lite pannlugg. Jag har kikat i Guinness rekordbok och där stod att det äldsta fåret som någonsin levt blev 28 år gammalt. Samma får födde under sin livstid i Wales hela 40 lamm. Det du Florre, nu vet du lite mer om får. 32 tackor är det ute i ladan nu, men jag har haft ett hundratal som mest.

Zombies.

- *Nu vet du lite om mig*, sa Harry. *Men vem är du då och var kommer du ifrån. Inte är du smålänning i alla fall, det hör jag ju. Det är väl inte så att du är på rymmen?*

- *Nä*, sa Engström. *Jag är inte på rymmen. I alla fall inte från rättvisan. Jag är varken efterlyst eller kriminell. Annars är det inget speciellt med mig. Att jag hamnade i Växjö var mest en slump. Jag tog tusenfotingen dit, ja tåget menar jag. Jag har nyss avlutat värnplikten och letar jobb och bostad.*

- *Jaså, du kommer från det militära. Var bodde du innan,* undrade Harry.

- *Där kan jag inte bo,* muttrade Engström och så var det slut på det ämnet.

- *Jag väcker dig klockan sju i morgon så får du frukost. Och vill du se till fåren innan du går så vore jag tacksam för det. Jag har lite svårt att röra mig numera som du kanske ser. Hemtjänsten kommer i morgon men de tjatar bara på mig att jag måste göra mig av med fåren och flytta in på hemmet i Lessebo. Men det säger jag blankt nej till*, sa Harry bestämt.

- På kommunen i Lessebo är det bara tjuvar och banditer som jobbar. Med diverse sofistikerade beräkningar får de hyran till att bli lika stor som det sista av ens surt förvärvade pension. Och på hemmet i Lessebo kryllar det av dementa som vandrar omkring som levande zombies. Nä hugaligen. Hemmet får de inte in mig på frivilligt, det har jag sagt åt dem. Senil olydnad svarar de då.

Ett år i livet.

Engström blev inte väckt förrän 10 på morgonen. Harry ursäktade sig med att han försovit sig, och det kan väl hända den bäste även om det nog inte var hela sanningen, tänkte Engström. För han hade nämligen genom dörrspringan sett ut i köket att Harry svalde en drös med piller innan han gick till sängs och av den anledningen antagligen sov lika tungt som en klubbad oxe. Hur som helst så gick Engström från sin säng direkt ut till ladan. Där höll han på att tappa upp vatten när han hörde att en bil körde in på gården.

Smygtittandet genom ladugårdsfönstret visade att en person lyfte ut kassar ur bagagerummet, så antagligen var det hemtjänsten som kom med mat. Den andre bar på en läderportfölj av modell större. En sådan där väska som läkarna bar på i filmerna. Engström tog för gott att hålla sig undan i ladan tills besöket var över vilket tog nästan en timme.

När kusten var klar så var också Engström klar i ladan. Väl inne i huset dukade Harry upp frukost, Engström kunde inte låta bli att konfronterade honom med alla piller han sett honom häva i sig. Engström frågade Harry hur han egentligen mådde och om han fick hjälp med sina krämpor.

Harry sa som de var, han var sjuk, dödssjuk till och med.

- Läkarna gav mig max ett år kvar att leva. Och de dagarna vill jag tillbringa här och inte på något sabla hem. Men fåren får jag nog göra mig av med. Sommartid går de ute i den hage som du först passerade efter att du klev av landsvägen. Den hagen är gärdad av sten och är stor nog mot det antal får jag har så betet där räcker gott och väl. Till för bara några år sedan hade jag det dubbla antalet får och jag behövde inte stödmata då heller. På vintern ska de egentligen vara ute i den lilla inhägnaden av nät och vallas in i ladan över natten, men stängslet där är trasigt så de smiter iväg och jag orkar inte laga det.

- *Jag kan stanna några dar om du vill och fixa staketet. Bara du har nya stolpar att slå ner så kan jag nog få det tätt,* sa Engström som tyckte synd om Harry.

- *Bussigt av dig,* sa Harry, *men någon ersättning kan du inte få. Det finns företagare i Lessebo och i Växjö som lagar staket men jag har inte pengar att betala varken dem eller dig för jobbet. Min lilla pension räcker inte till. Vill du jobba med staketet så får du nöja dig med husrum och mat.*

- *Det är okej för mig,* sa Engström. *Jag har ingen brådska med något. Kan jag stanna här tills vintern är över så blir det lättare för mig att gå vidare mot Lessebo då.*

- *Stanna så länge du vill,* sa Harry. *Det är nog mycket jag behöver hjälp med framledes för det är redan nu dåligt med orken. Krafterna tynar sakta men säkert bort kan jag säga. Hoppas bara jag kan vara ute lite i sommar. Till slut tar jag mig väl inte ur sängen och då är jag nog så dålig att hemtjänsten får komma med skottkärra och köra mig direkt till bårhuset. Hemmet ska jag i vart fall inte till, det säger jag bara.*

Harrys berättelse.

Under dagarna som gick reparerade Engström staket.
Han tvättade kläder, lagade mat och städade. Harry var
på gott humör och tyckte han fick det fint i stugan.
Fåren bräkte belåtet när de kunde vara ute i sin mot
rymning säkrade hage på dagarna. Till natten gick de
allihop självmant in i ladan och behövde inte fösas dit.
Engström gladde sig åt de självgående fåren.

Harry och Engström blev riktigt goda vänner på kuppen
och satt på kvällarna och drog historier om den snåle
smålänningen.

Harry berättade att det en gång var en klurig smålänning i trakten som startade lotteriverksamhet för turister med olika vinstobjekt. Bland annat lottade han ut en till synes fin begagnad bil. Han sålde 500 lotter för 20 kr per styck och tjänade 8.980 kr. Vinnaren fick startnyckeln till bilen men kunde snart konstatera att den saknade motor. Ingen nitlottsköpare klagade dock på detta men det gjorde naturligtvis vinnaren som omgående fick sina 20 kronor tillbaka av smålänningen.

Den historien följde Engström upp med att dra skrönan om det mixade paret där herren var smålänning och frugan var värmländska och vann tio miljoner på tipset. Herren blev helt överlycklig medan frun blev mer fundersam och frågade sin småländske make hur hon skulle göra med alla tiggarbrev. Inga problem tyckte hennes småländske make. Fortsätt du bara att skicka dem som vanligt!

En kväll ville Harry berätta något som tyngt honom i livet långt och länge. Det Engström fick höra var Harrys egen berättelse som inte direkt handlade om tyngdlagen men väl om lag och regler för tillräckligheten.

- *Tillräcklighet är ett mått på livets kunnande,* började Harry. *Att något är bra eller på godkänd nivå är inte alltid tillräckligt. Ibland krävs mer än så.*

- Även om man är bra eller på godkänd nivå själv och tillfreds med detta så kan någon annan önska eller till och med kräva att man ska vara ännu bättre. Den kräsne nöjer sig då inte med mindre än att det som någon annan förmår vara bra på, det ska göras ännu bättre. Vilket automatiskt degraderar begreppsnivån godkänd till oduglig. Men om den andre inte förmår leva upp till ett mått som anses tillräckligt för den kräsne så grusas tillvaron för den drabbade. Rimligen borde man inte ha högre förväntningar på andra än sig själv.

- För lite av det bra från någon annan än sig själv borde aldrig bli till en norm för tillräcklighet. I annat fall blir ju det som klassas som godkänt och bra lika värdelöst som det undermåliga. Ännu värre blir det när någon selekterar ut vad som är viktigt och mindre viktigt.

- Då kan man vara hur bra som helst inom det mindre viktiga, men detta väger inte upp skålen för de som bestämt sig exakt för vad den andre ska vara bättre än bra på.

- Varken undermåligt eller bra är nog bra när normen sätts högre än skolribbans nivå för godkänt. Under hela mitt liv har det inte räckt med att jag varit bra på det lilla jag var bra på, sa Harry.

- Jag förväntades vara så bra mycket bättre på något helt annat där min förmåga ibland inte ens räckte till för att bli godkänd. Men inte ens bra hade räckt eftersom jag förväntades vara tillräckligt bra också. Allt det jag var sämre än bra på klassades som uruselt. Att bara bli godkänd räckte inte för att få en klapp på axeln.

- Ett underkännande var rent katastrofalt. Inte ens en bra insats med plus i kanten gav en fjäder i hatten. Fick jag med beröm godkänt var jag så där i gränslandet men ändå inte tillräckligt bra. Berömlig var det som gällde. Först då dög det. Skolämnen som geografi, biologi och historia tyckte jag var intressant och lätt att lära. Även om detaljer var svåra att bevara i minnet lyckades jag ändå få det att fastna någorlunda. Men blev det inte mer än godkänt på betyget så var det inte bra nog till att uppfylla tillräcklighetens krav.

- Språk var ett övningsämne som flöt på till berömlig nivå så länge det inte var av tysk vokabulär. Formler däremot var något som verkligen trasslade till det i skolan. Många ämnen bygger på just formler. Matematik, geometri, hållfasthetslära, mekanik, kemi och fysik.

- Trots att jag alltid räknade ut alla tal så blev det mesta som innehöll formler till ett inferno av felaktiga svar i vartenda prov.

- Det enda min förmåga var naturligt berömlig på var att skriva uppsatser, för där fanns bara formuleringar, inga formler. Men den förmågan dög inte som grund för ett riktigt yrke. Att skriva kunde man inte leva på i det nya industrisamhället. Det räckte inte med att kunna normal räkning heller. Man skulle kunna formler.

- Ett yrke av något slag måste man givetvis ha att försörja sig på. Jag fick inpräntat att som yrken räknades bara de med matematiskt innehåll där allehanda formler ingick. Var man inte tillräckligt bra på det så fick man inget riktigt jobb.

- Egentligen började allt med att jag inte pratade på lektionerna. De som pratade högt utan att störa ansågs intresserade och fick påökt på betygen. Vi som bara lyssnade ansågs nog efterblivna eller ointresserade. Svarade man nej på frågan om alla förstod så fick man samma förklaring igen. Men förstod man inte första gången så förstod man heller inte den andra om problemet inte förklarades annorlunda, vilket aldrig skedde. Så till slut höll jag tyst även om jag inte förstod. Man ville ju inte verka dum heller inför andra fastän de kanske inte heller förstod så bra. Jag kunde inte konversera något vidare till vardags heller även om jag försökte. I alla fall tänkte jag inte lära mig att bluddra på med en osammanhängande svada om oväsentligheter.

56.

- Att prata mycket om oväsentligheter fanns det andra som var bra mycket bättre på. Att man inte anses tillräcklig är det samma som att man inte räcker till. Då spelar det ingen roll om man är duktig på något annat. Jag var helt enkelt inte tillräckligt bra på det jag förväntades vara bra på.

- Att det fanns ämnen som andra var sämre på än jag räknades liksom inte. Den måttstocken gjorde att jag blev mer eller mindre ansedd som totalt värdelös trots att min förmåga bara baserades på vissa ämnen. Om jag inte förmådde lära mig det förväntade tillräckligt bra inom en så kort tid som möjligt så betecknades tiden som bortkastad i efterhand. Att jag saknade förståelsens förmåga för vissa ämnen accepterades inte som en förklarande diagnos till otillräckligheten. Kunde andra så borde jag kunna jag också vilket blev till uppenbar sanning som smittade över på mig själv så till den grad att mindervärdet blev till ett komplex.

- Läste man hemma så lärde man sig var en oskriven regel. Men man går i skola för att lära sig förstå, och är det då så att man inte förstår i skolan så förstår man inte hemma heller och då blir resultatet därefter. Mina studier motsvarade inte det förväntade enligt bättre än bra principen för tillräcklighet. Jag levde helt enkelt inte upp till förväntningarna.

- Jag började till slut tycka att jag var lika värdelös som det förväntades att jag skulle vara. Illusionerna om att inte räcka till besannades när meningslösheten fick ett ansikte i det mesta som jag företog mig. Till slut infann sig en smula apati i tanken som förmedlade att det inte längre fanns någon anledning till ansträngning. Drivkraften till att bli bra sinande i takt med att det svåra i bästa fall bara blev bra men inte bättre. Kunde jag inte rida på en förmåga till att bli tillräckligt bra så var det ingen idé att ens försöka bli så bra jag kunde. Bättre då att göra det man överbevisats vara bra på. Till och med tillräckligt bra. Det vill säga att inte göra något alls. Vilket i teorin tycktes kunna vara en gångbar väg ut ur bedrövelsen. Gör man inget alls så kan man ju heller inte göra något bra otillräckligt bra.

- Det sägs att den som inget gör inte kan göra fel. Men det stämmer inte för att gjorde jag ingenting så var inte det bra heller. Man skulle traggla på och lyckas hette det. Men inte så det blev bra. Tillräckligt bra skulle de va annars va det inget att ha. Förmågan att känna igen siffror och skriva dem är en central del av den problemlösning man tränar i skolan. Att kunna räkna upp talraden är oerhört viktigt för utvecklingen av andra matematiska färdigheter enligt professor Sigvard Löwing som förtydligar att det krävs att eleven har god taluppfattning för att denne ska ha möjlighet att utföra beräkningar, både i huvudet och skriftligt.

- Men tal är inte alltid tal i matematisk bemärkelse.
Att kunna räkna ut saker är heller inte alltid en
matematisk process. Filosofer har i hundratals år hävdat
att läsning och skrivning är det mest komplicerade vi
människor gör. Och så är det enligt kognitionsforskaren
Jana Holsanova som säger att vetenskapen har svårt att
förklara detta för att det är så komplext i förhållande till
många andra av människans förmågor som till exempel
det beräknande talet. Att kunna kommunicera och
förmedla med hjälp av det vokabulära talet är också en
konst. Men många gånger upprepar den ene oftast vad
den andre sagt. Prat är oftast ingenting annat än bara
prat i kvadrat. Sällan skulle det skapas något nytt under
solen om människan bara kunde räkna och tala men inte
läsa och skriva.

- Hm, sa Engström betänksamt efter att ha lyssnat på
denna långa historia. *Tråkig uppväxt du hade Harry. Till*
viss del känner jag igen lite av det du drabbats av. Håller
med dig om att snacka går ju men det blir ingen verkstad
av det. Antingen är man strategisk, kreativ eller praktisk
lagd. Den människa som har en optimal förmåga på alla
områden i dessa tre själskrafter finns inte. De flesta har
nog en förmåga av medelmåttighet rakt igenom på alla
områden. Har man en stark sida så har man också en
svag sida. Är då den starka sidan urstark så är man
säkerligen urusel i något annat. Det bästa är att försöka
göra något av livet med den bästa sidan i fronten.

Rödkina.

Wolfgang Hannibahl hette brorsonen som var Harrys ende kvarvarande släkting. På väggen i köket hängde ett fotografi av Wolfgang som Engström nästan såg som en dubbelgångare då fotot likväl kunde vara taget på honom själv. Enligt Harry så skulle brorsonen vara två år yngre än Engström men det fick inte Harry veta eftersom Engström knep som muren när det gällde uppgifter om honom själv. På Engströms undran om var Wolfgang befann sig så resulterade denna fråga i en ny berättelse.

- Wolfgang är försvunnen, sa Harry. Och har så varit i nästan två år nu. Han gick till sjöss på fraktfartyg som Jungman efter skolan. Den sista resan mönstrade han på i Fortaleza i Brasilien. Fartyget hette T/S Neptunia och gick under Venezuelansk flagg med bland annat timmer som last. Jag fick brev från honom innan avresan. För övrigt det sista livstecknet från Wolfgang. Destinationen var Rödkina skrev han i brevet. Jag tog då reda på att med Rödkina menas fastlandskina där Macau, Taiwan och Hong Kong inte ingår. Enligt rederiet, som heter Libra Maritime och är ett dotterbolag till Hellenic Mediterranean i Grekland, så anlöpte T/S Neptunia hamnen i Shanghai för ganska exakt 20 månader sedan. Under lossningen av timret fick Jungmännen permission i fem dagar, medan matroserna lastade containrar före färden till Belgien.

- Rederiet, som jag kontaktade en månad senare då jag började undra varför Wolfgang inte hört av sig, har meddelat mig att alla sjömän utom Wolfgang återkom i tid till avgång. De sa att kaptenen noterat i loggboken att de kamrater som var med Wolfgang iland tappade kontakten med honom inne i Shanghais glädjekvarter. Och som sagt, jag har inte hört ett knyst från honom sedan dess. Wolfgang hade en innestående lön hos rederiet men den har han inte begärt att få utbetalad.

- Märkligt, sa Engström. *Har du begärt honom efterlyst?*

- Nä, han är inte lyst. Jag har visserligen gjort en förfrågan hos polisen i Växjö men de säger att en person måste vara saknad i minst två år för att kunna efterlysas internationellt. Den inkubationstiden gäller förstås inte om det föreligger en hög grad av brottsmisstanke bakom försvinnandet, men det ansåg inte polisen att det gjorde.

- Jag tror, sa Harry…*eller jag är i det närmaste helt övertygad om att Wolfgang inte lever. Han hörde alltid av sig och det gjorde han ofta. Det är inte likt honom att bara försvinna så här. Något allvarligt har hänt. Det är inte lätt att få fram uppgifter från Kina heller. Då måste jag anlita advokater och detektiver och det har jag inte pengar till. Wolfgang förvarade en del av sina ägodelar här hos mig. Lite gamla kläder och en del papper. Passet hade han med sig men hans id-handling från banken och sin sparbok lämnade han kvar här.*

- *Wolfgang spenderade det mesta av det han tjänade i hamnarna så det är bara någon tusenlapp kvar på boken. Jag betraktar Wolfgang som avliden, sa Harry. Trist bara att det inte går att få reda på vad som hänt honom. Wolfgang var dessutom den ende som kunde ärva stugan och min gård här. Nu lär den väl auktioneras ut av allmänna arvsfonden när jag inte finns längre.*

- *Trist*, sa Engström. *Wolfgang och jag är rätt lika till utseendet ser jag på fotot.*

- *Till utseendet är ni väldigt lika, men inte till talet för Wolfgang föddes i Kalmar och pratade småländska på Kalmardialekt. Du pratar mer på rikssvenska.*

- *Förresten så kan du få överta Ängsgården om du vill, i stället för att den går under klubban på auktion, men du kanske har andra planer?*

- *Några planer har jag egentligen inte. I alla fall inga genomtänkta. Jag kan tänka mig lite vad som helst just nu. En bostad och ett jobb måste jag hitta, men jag har inga pengar att köpa din gård för*, sa Engström.

- *Strunt samma*, sa Harry. *Jag kan skriva över gården på dig för en krona. Men lagfartskostnaden måste du betala. Den är på några hundralappar tror jag.*

62.

Men Engström hade en annan idé som han nu gav i uttryck för att se om Harry kunde ställa upp på den. Eftersom Wolfgang var försvunnen och avliden eller i vart fall troligen död och begraven men liknade honom själv som ler och långhalm så kunde kanske Engström inte bara överta hans arvsrätt till gården utan hans identitet också. På så vis så skulle han själv kunna börja om i livet med en nystart här mellan Växjö och Lessebo som Wolfgang Hannibahl och ärva gården efter Harry helt lagligt eller i alla fall nästan. Fåraveln skulle han kunna fortsätta med och även utöka. Lite tillfälliga jobb i trakten på säsongsbasis skulle säkert gå att få.

Till Engströms förvåning så köpte Harry idén rakt av, men påpekade att Engström först måste ta reda på hur allt skulle ordnas med myndigheterna. Sen tog han fram en id-kortslegitimation ur byrålådan vilket var utfärdat av polismyndigheten i Kalmar och föreställde Wolfgang. Engström kunde belåtet konstatera att giltighetstiden inte gått ut.

Redan dagen efter tog Engström bussen in till Växjö. På stadens bibliotek fann han en del tänkvärd information om vad som gällde vid identitetsförnyelse. Hur detta gick till och vad som kontrollerades. På Skattemyndigheten fick han broschyrer och ansökningshandlingar. En nöjd Engström visslade glatt när han klev av bussen vid landsvägen intill Harrys gård i mörkaste Småland.

- Jag har tagit reda på en del om vad som behövs, sa
Engström när han kom in i stugan. *För att ansöka om
nationellt id-kort måste man vara mantalsskriven
i Sverige och ha ett svenskt personnummer och det har
eller hade ju Wolfgang. Man måste kunna visa vem man
är genom att styrka sin identitet med giltig id-handling
och det har vi. Men det är ett id-kort med Wolfgangs foto
på. Antingen får jag chansa på att polismyndigheten
tycker att jag är tillräckligt lik Wolfgang på bilden. Om
de ifrågasätter detta så kommer de att kräva intyg genom
försäkran från någon närstående, som till exempelvis du
Harry. Det står att man behöver ett foto och personbevis
från kyrkan för att ansöka om nytt id-kort.*

*- På pastorsexpeditionen kontrollerar de alla uppgifter
via sitt kyrkoregister. Sedan måste avgiften betalas i
förskott hos polisen. Det påpekas i anvisningarna på
flera ställen om att betalningen ska vara gjord och att
man måste kunna visa kvitto på detta när man hämtar ut
id-kortet, så man får lätt uppfattningen att det är det här
med betalningen som verkar vara det allra viktigaste. Om
det "går vägen" så får jag ett nytt nationellt Id-kort med
Wolfgangs namn och personnummer och med mitt foto
på som gäller för mig inom Sverige. Vill jag senare ha
något som gäller i hela världen så får jag ansöka om ett
nytt pass och säga att det tidigare som Wolfgang tog med
sig är borttappat. Då är det samma förfarande igen med
tillägget att jag måste kunna visa upp ett nationellt id-
kort först.*

64.

- *Samma procedur är det då med betalningen. Det ska först "pröjsas" och sedan kontrolleras. Är allt okej får jag passet. Är det inte det blir jag utan och dessutom "blåst" på pengarna för de betalas inte tillbaka. Å andra sidan är det inte så förskräckligt dyrt heller.*

Engström tänkte att det var synd att Wolfgang inte haft körkort för då kunde han ha anmält detta till polisen som borttappat och fått ett nytt från Trafikverket.
Nu blev det till att göra ännu ett uppkörningsprov.
Men detta funderande höll han för sig själv.

- *Det borde ju kunna fungera,* tyckte Harry. *Blir det problem så intygar jag att du är min brorson. Åker vi dit så drabbar det i alla fall inte mig. För mig kommer de i alla fall inte att bura in eftersom jag är sjuk. Risken är att polisen kontrollerar när du inpasserade hit från Kina. Bäst du funderar ut en bra historia om att du råkade illa ut i Shanghai och fick lift med någon båt och smet iland i Sverige utan att klarera in för att du blivit bestulen på ditt pass. Det sväljer de säkert utan att du behöver böta. Men du måste först slipa på din dialekt så du låter som en kalmarlänning, eller i alla fall lite som en smålänning. I och för sig kan du annars skylla på att du lagt dig till med en annan jargong till sjöss. Om du blandar språket med lite engelska så tror jag det fungerar, för frågor kommer du nog att få som du måste svara på.*

Engström fick öva på att säga R på kalmarsmåländska. Den kalmaritiska dialekten är lite speciell med R:et, som ska komma skorrande från bakre gommen, lärde Harry ut. Inte distinkt med hjälp av spetsen på tungan som höglandssmålänningar kring Jönköpingstrakten uttalar R-ljudet. I mittenriket av Småland, eller glasriket om man så vill, uttalar de inte alls bokstaven R. Det blir då som det blir med marsipantårta som smålänningen bara äter när den "fössta tossdan i mass" inträffar.

- Och så ska du avsluta meningar med E på slutordet lite då och då även om du tycker det låter konstigt. Men så blir det när man tjabbar. Vilket enligt Harry betydde att man pratade på småländska.

Krösamos som är samma sak som lingonsylt har nog de flesta hört talas om. En speta i Småland är ingen tanig flicka utan en sticka i fingret. Att vara tydlig innebär inte klarspråkighet utan att någon är rolig. Rummelpengar är inte betalning i baren utan fickpengar som ungdomar får hemma. Och så säger smålänningen alltid di i stället för de eller dem.

- Detta kan du grunne på, sa Harry samtidigt som han grine gott åt den ibland så katige Engström. *Det blir nog nått redigt med dig också med tia när du får krabba lite på det småländska språket. Låt bara bli att möckla när du är hos polisen för då hamnar du i stian.*

Småland.

Namnet Småland kommer från att man slog samman flera "små land" till ett gemensamt större. Begreppet smålänningar finns belagt sedan medeltiden. Enligt sägnen är seghet, påhittighet och företagsamhet utmärkande för smålänningens 12 små landskap.

Det sägs att inför vår herre är vi alla smålänningar, men det är en skröna i sig för det gäller ju bara om man är född i Småland.

Mycket har sagts och skrivits om och av smålänningar i detta stora landskap, störst av alla landskap söder om Jämtland och ett av Sveriges sjörikaste. Smålänningarna är kända för sin seghet, påhittighet och klurighet och det måste den vara som väljer att slå sig ner i gränslandet bland skog och sten, i de "små landen" i Småland, mellan de bördiga slätterna i Östergötland och Västergötland i norr och Skåne i söder där de på 1800-talet tillverkade bland annat kedjor, hårnålar, strumpstickor, råttfällor och säkerhetsnålar.

Synonymt för en smålänning är ju att denne är snål. Det finns faktiskt belägg för detta i historien då det i gamla sägner omtalas att en smålänning bara öppnar sin börs för den som vill lägga pengar i den.

Den som skulle odla den steniga småländska jorden var
tvungen att hushålla med resurserna. Och det är kanske
därifrån man hämtade påståendet om snålhet tror
smålänningen Lennart Johansson som är docent
i historia och chef för Kronobergsarkivet i Växjö.

Det är nog bara i Småland som man tar betalt styckpris
för pepparkakor och man får bara köpa 2 åt gången.

På de flesta matställen är vatten gratis. Så också
i Småland, men man tar rejält betalt för att få det serverat
i ett glas. Hemma äter en äkta smålänning vanligen
ostkaka varvat med isterband från Lammhult.

68.

För att räknas som en heläkta smålänning ska man ha suttit i timmar och frusit på Alvesta station i väntan på ett försenat tåg. En äkta smålänning äter alltid den billigaste rätten som finns på menyn, vanligtvis den rätt som består av enbart deg och vitlök och som kallas för just smålänningen.

Det finns faktiskt en parlör med kalmaritiska för nybörjare. Där hittar man ord som cykelenyckelen och kååkah som kan betyda både kåkar och korkar.

Gideon Sundbäck från Vaggeryd var en smålänning som hamnade i Amerika och uppfann blixtlåset. I sin reklam skrev han att hans uppfinning öppnade sig som ett leende och slöt sig som ett streck draget i vatten. Blixtlåset blev en världssuccé, Naturligtvis var detta sprunget ur kunskaper från en klurig gammal tradition i nordvästra Småland med sina dragerier av metalltråd.

Amalia Eriksson var polkagrisens drottning. 1859 fick
hon officiellt tillstånd av magistraten i Gränna att i staden
såsom försörjningsmedel med egna händer idka
bagerihantering af grövre och finare brödsorter och
tillverka så kallade polkagrisar. Söta goda sockerstänger
med mintsmak som döptes efter den nya dansen Polka.
Hur grisen kom in i det hela förtäljer inte historien.
Arvet efter Amalia lever i högsta grad i Gränna där
polkagriskokerierna ligger på rad.

1700-tals botanikern Carl von Linné funderade länge på hur han kunde klassificera all världens växter för att göra naturen mera begriplig. Med bokverket Systema Natura lade Linné en stor del av grunden för sin internationella ryktbarhet och för det system, med två latinska namn, för klassificering av växter och djur som används än idag. "Gud skapade och Linné ordnade" som han så blygsamt sa. Hans födelsehem finns kvar i Linnés Råshult norr om Älmhult.

Även det världsomspännande företaget IKEA grundades
blygsamt på 40-talet av den unge Ingvar Kamprad som
cyklade omkring i byarna runt Agunnaryds socken och
sålde pennor och skosnören och som sedan så smått
började med postorderpaket utlämnade från sitt
mjölkbord i Elmtaryd. Med småländsk energi och seghet
har han och medarbetarna utvecklat IKEA till ett av
världens mest kända varumärken.

72.

Julkortens drottning var Jenny Nyström från Kalmar. Hon var mer lågmäld än andra småländska kreatörer, men med stor inspiration och begåvning, tecknade och beskrev konstnärinnan Jenny Nyström våra käraste traditioner såsom födelsedagskort, näpna påskkort, och inte minst vår svenska jul på otaliga julkort och bonader. Jenny Nyström gav verkligen den svenska jultomten ett ansikte. När snön gnistrar och stjärnorna tindrar, när det är ljus i alla fönster och julgröten till tomten står på förstutrappan, när tomten och katten skymtar bakom stugknuten då är det en riktig Jenny Nyström Jul.

Albert Engström var från Eksjö och blev en av
sekelskiftets tongivande kulturpersonligheter i Sverige.
Han undervisade i teckning och grafik vid
konsthögskolan och valdes även in i Svenska Akademien
som författare. En unik kombination i svenskt kulturliv!
Och han såg smålänningarna genom humorns glasögon.
På sitt oefterhärmliga sätt tecknade han magra, kluriga
smålandsbönder, fiskare och backstugusittare, liksom feta
och självgoda myndighetspersoner; landsfiskaler, poliser,
stinsar och skattmasar.

74.

Vilhelm Moberg har i sina fyra berömda romaner, som är
översatta till 42 språk, berättat om Karl-Oskar och
Kristina och 20 smålandsbönder från Ljuder och deras
utvandring till USA på 1860-talet. Detta är också ett stort
epos om all världens emigrantöden, både nu och då.

Och så förstås vår allra bästa Astrid Lindgren från Näs utanför Vimmerby. Smålandsikonen som bland annat skapade Pippi, Emil, Ronja och Madicken. Astrids böcker har sålt i 165 miljoner exemplar och hon är den fjärde mest översatta barnboksförfattaren efter Enid Blyton.

Identitetsstölden.

En genuin smålänning och en rikssvensk emigrant med avsikt att också bli en smålänning satt på bussen in mot Lessebo. Med hjälp av regelbunden förflyttning i banan runt solen hade årstiden lämnat det kalla bakom sig. Våren hade anlänt i vägkantens backar och bryn där sömniga sippor vågade bre ut sina vita vingar mot solen. Engström och Harry hade kastat handskarna på hyllan och mössornas tid var förbi. Den stånkande bussen segade sig fram på den plaskiga vägen genom skog av gran där kungen med sina stånghorn bölade i sin ännu gråa päls. Vid framkomsten stod polisen på pass och väntade på dem. Tid var bokad för id-korts förnyelse.

Nya foton hade Engström varit och fixat hos fotograf Betty Larsson i Växjö. Hon som alltid bjöd på nybryggt kaffe som särpräglades av en genomskinlighet så långt ner i muggens botten man kunde komma.

Benämningen Bettykaffe hade i stan blivit till ett allmänt lokalt yttryck för varianten av den dryck som i andra landsdelar annars kallades för blaskkaffe.

Personbevis från pastorsexpeditionen i Lessebo var också med på resan. De handlingar som skulle vilseleda polisen att tro att Engström inte var den han egentligen var utan i stället bevisa att det var han som var Harrys brorson och hette Wolfgang Hannibahl.

Det hade gått bra så långt för Engström. Tidigare i veckan hade han varit på kyrkans expedition i Lessebo och förklarat att han hette Wolfgang Hannibahl och ville ha ett nytt personbevis för att giltighetstiden på hans gamla id-kort snart skulle gå ut. Egentligen behövde han inte visa Wolfgangs gamla id-kort men han "tog en rövare" och lade kortet på disken som ett test på om han uppfattades se ut som Wolfgang på fotot. Engström tänkte som så att om han avslöjas så vore det bättre om det skedde av personalen på pastorsexpeditionen än hos polisen. Kvinnan bakom disken tog upp id-kortet och kontrollerade födelsedata med att fråga Engström om när han var född, men till hans lycka så kom ingen reaktion på fotot. Engström rabblade upp sitt "nya" personnummer och Wolfgangs föräldrars namn som han fått från Harry och avslutade med att han var född i Kalmar. Han lyckades faktiskt få till en sådan djup skorrning på R-et i Kalmar att han blev överraskad själv.

Från busstorget i Lessebo var det visserligen bara en kort promenad fram till polisstationen, men ändå maximalt vad Harry orkade gå. Utanför ingången ville Harry pusta ut ett tag vid trottoarkanten där rader av svartvita flugsnappare stod uppradade. För så kallades de svartvita polisbilarna med sina rödljuslyktor på taket vid denna tidpunkt, innan de fick fler hästkrafter samt andra färger i lamporna och blev kallade blåljusfordon.

78.

Då Harry tyckte att Engström såg lite överspänd ut så tog han för säkerhets skull kommandot med att klarlägga att det nog var bäst om han fick sköta tjabbet och att Engström gjorde för gott att hie sig lite och säga minsta möjliga, med vilket det menades att Harry skulle sköta snacket och att Engström skulle lugna ner sig och hålla sig så tyst som möjligt i bakgrunden.

- *Jag är här med min brorson*, började Harry.
- *Han arbetar som sjöman. Jag anmälde honom som saknad för ett tag sedan men han blev då inte efterlyst eftersom det saknades brottsmisstanke. Nu kan jag rapportera att han är hel och hemkommen som du ser. Wolfgang är från Kalmar. Hans föräldrar avled i en flygolycka så han är mantalsskriven hos mig hemma på Ängsgården och behöver ett nytt id-kort då det gamla snart går ut. Han kommer att stanna hemma ett tag nu och vila upp sig, vilket han kan behöva för anledningen till försvinnandet var att han råkade illa ut under en permission i Kina och blev kidnappad och rånad på både pengar och pass. Nu lyckades han efter mycken möda ta sig hem till Sverige med hjälp från sjömanskyrkan och kamrater. Wolfgang har färdats runt på olika båtar som fripassagerare innan han fick fatt på en fraktbåt med destination Oskarshamn där han klev av och dessvärre smet iland utan att klarera eftersom han saknade pass. I och för sig hade han inget att förtulla så inget skada är väl skedd egentligen.*

- *Ja det var ett äventyr som heter duga*, sa polisens expeditör bakom disken, som egentligen inte var polis till yrket utan stamanställd civilist med kontorsgöromål.

Engström ombads fylla i formulären. Därefter vispade han till en kråka som underskrift vilken kontrollerades av expeditören mot Wolfgangs gamla handlingar. Negativ reaktion uteblev, för Engström hade övat flitigt på att härma Wolfgangs handstil, vilket inte var så svårt eftersom han själv skrev som en kråka.

Något mer snack om saken blev det inte annat än att Harrys anmälan om försvinnandet avskrevs. Något straff för den påhittade insmitningen i landet utdelades inte. Möjligen beroende på att expeditören var en helt vanlig normal smålänning och ingen polis. Det var i alla fall vad Harry trodde efteråt och antagligen räknat ut innan. Betalning skulle erläggas och Engström stod som på nålar och hoppades att hans sista korvören skulle räcka. Men det gjorde det inte, vilket för tillfället räddades av att reglerna ändrats så till vida att betalning skulle ske först när id-legitimationen hämtades ut.

Utanför stationen gjorde Engström en "high five" gest med handen mot Harry, vilket dessvärre inte var något påfund som man begrep sig på i Småland. Den gesten resulterade bara i att Harry sa åt honom att sluta vifta efter taxi. - *Vi tar bussen hem också.*

80.

Karlsson.

Sommaren gjorde sitt intåg med dunder och brak när ystra får likt glada kor skuttar ut på betessläpp i hagarna.

Roland Harald Florentin Engström stod på den ännu leriga gårdsvägen och begrundade sitt trevliga öde. Han hette nu Wolfgang Hannibahl och hade inte bara blivit två år yngre än han verkligen var. Han var fårskötare också, men bara på deltid för han jobbade numera tre dar i veckan på Lessebo Pappersbruk med att lasta stora pressade balar på långtradare. Hans bästa jobbarkompis hette Truck och var en hejare på att lyfta tunga grejor.

Engström hade skaffat hund. En svart byracka som var fem år och lystrade till namnet Kalsong enligt tidigare ägaren i Lessebo som sålde honom för bara en krona, men ville ha en hel hundring för hundfilten. Utan den kan hunden inte sova och då knatar den bara runt inne om nätterna så du kan inte sova heller, sa han. Engström var inte ledsen för det och betalade mannen i Lessebo det han ville ha så att han inte skulle bli ledsen han heller.

Hunden var en inavlad bastard från raser man bara kunde gissa sig till. I alla fall fick också hunden en ny identitet då hans namn ändrades till Karlsson av Harry som ansåg att Engström nog hört fel på uttalet.

82.

Harry sa att han aldrig haft hund när Engström tidigare frågade hur han fick in fåren till vintern. Jag går med en riktig pingla i handen, sa Harry. De vuxna fåren följer mig som på led i hälarna och lammen kommer sist i raden. Det har alltid funkat för mig sa Harry, men om de följer dig med pingla vet jag ju inte. En riktig pingla ser ju inte ut som en vanlig skrammelkråka och låter inte likadant heller. Men troligen följer de dig om du har den pinglan jag har i handen för det är inte vem som helst som har en sådan. Engström var dock skeptisk till detta men kunde hålla med om att en riktig pingla inte ser ut som vilken kråka som helst.

Några större omkostnader hade han inte så via Harrys kontakter i fårbranchen köpte han fler tackor och röjde i ladan så att fler får skulle få rum där över vintern. Några egna baggar höll inte gården. De hyrdes in när det behövdes, vanligtvis på senhösten i oktober för då blev det nya lamm lagom till våren.

Varje höst börjar ett nytt fårår då det är dags att ta in tackorna från betet och klippa deras ull. De blir alltid glada över att bli av med sin tjocka fäll som kliar. Något fårår blir det dock inte någonsin för de flesta lammen, då även slakten sker på hösten och då först kommer intäkterna. Fåren på Ängsgården började bli lite till åren så några lamm ville Engström att de skulle spara och det tyckte Harry han gjorde rätt i.

Strax innan Jul fick Harry feber och togs in på sjukhuset i Växjö där han konstaterades ha lunginflammation. Han tillfrisknade med hjälp av antibiotika och kom hem igen lagom innan nyåret, men Engström hörde att han hostade något alldeles förskräckligt på nätterna. Kommunens hälsogrupp ansvarade för honom och besöken från dem blev allt tätare.

Så en kall februarimorgon kom han inte upp till frukost. Engström kunde bara konstatera att Harry avlidit under natten i sviterna av den prostatacancer han led av som spridit sig till lungorna. Han larmade både ambulans och polis. En obligatorisk utredning med obduktion skulle göras i och med att Harry avlidit hemma. Han var lite nervös över detta då hans identitet antagligen skulle kontrolleras än en gång och nu av både kommunen och riktig polis denna gång.

Men allt verkade förflyta utan någon misstanke om oegentlighet. Kontrollen visade sig vara en ren formalitet eftersom alla instanser kände till Harrys belägenhet. Engström fick till och med en eloge från hälsoteamets chef som sa att han känt Harry privat. Chefen berömde honom för att han ställt upp för sin farbror så bra att Harry kunnat bo kvar hemma ända till slutet vilket var precis vad farbrodern hela tiden hade önskat sig.

Chefen hade som tur var aldrig träffat den riktige Wolfgang men hört att han var sjöman och undrade nu om han kanske skulle ge sig ut på sjön igen.

- *Mja*, sa Engström. *Jag är ganska mätt på sjölivet så jag stannar nog på Ängsgården och satsar på fåren jag.*

- *Du har varit ute på sjön sedan skolan vad jag hört av Harry. Då har du väl seglat på alla sju haven förstår jag. Och lagt dig till med en ny dialekt har du, för det hörs inte längre att du är smålänning?*

- *Nä, kanske det. Det blir mest engelska på sjön som gemensamt språk. Fast jag är ju född i Kalmar*, ljög Engström och lyckades åter få till ett R med strupljud.

Detta intresse för den riktige Wolfgang skrämde lite och fick honom att tänka till. På begravningsbyrån bestämde han att jordfästningen av Harry skulle ske i stillhet med bara honom själv som ende närvarande anhörig. I alla fall var detta sant på pappret. En annons i tidningen avböjde han bestämt. Risken med att ha en allmän begravning var ju att det kunde dyka upp någon som kände Harry och som möjligen träffat hans brorson.

Den risken tordes han inte ta. Så Harry fick allt nöja sig med en begravningsakt där bara en sörjande satt på bänken. Nämligen han själv, den oriktige Wolfgang.

Jag blir du och du blir jag.

Även i den mörkaste del av världen kan lyckan ibland lyckas sprida sitt sken över den mest förtappade av själar. Den sate som tappat tron på det som andra betecknar som självklart i tillräcklighetens namn blev med ens tillräckligt bra för att reda sig själv.

Mer behövdes inte för ett godkännande inombords. Målet var uppnått för den som flytt från orealistiska krav. Den som vill förverkliga det den själv förvägrats eller inte mäktat med får leta efter någon annan statist till sin egen oförmåga.

Tillräckligheten hade äntligen hamnat på sin rätta plats joddlade fåraherden belåtet. Ordningen var återställd. Den av börd så strävsamme Harry uppe bland molnen kunde inte ha sagt det bättre själv. Engström hade fått ny identitet och blivit fåraherde på kuppen och så hade han fått klart med att han ärvde Ängsgården efter Harry.

Kalendrar med skiftande årstider rullade runt i ren förnöjelse tills det en dag knackade på dörren. Utanför stod en person som i en hastig blick kunde vara en suddig spegelbild av den som stod innanför. Varken ansikten eller lekamen var väl helt i grad av kloning. Skillnad fanns absolut. Några siamesiska tvillingar var det inte tal om men ändå såpass identiska att båda blev lika gapande häpna över likheten.

86.

Den riktige Wolfgang Hannibahl hade letat sig hem igen och stötte då på den oriktige. Dramatiken kunde inte bli mer spänd och tilltrasslat än den var.

Även Karlsson på sin filt i hallen kunde nosa sig till den strama atmosfären även om han inte begrep orsaken och därför inte tappade svansen.

Men hur i jössenamn trasslar man sig ur en sådan situation utan att tappa hakan och bli som en fåne till fåraherde månntro.

Engström fann för gott att lägga korten på bordet och berättade precis hur det låg till. Den riktige Wolfgang blev bestört över att hans farbror avlidit men reaktionen i övrigt blev inte så dramatisk som den oriktige fruktat.

Wolfgang berättade att han blivit rånad i Shanghai och bestulen på både pengar och pass. Därefter hade han planlöst vandrat från bar till bar i letandet efter sina Jungmansvänner. På den sista baren blev det bråk mellan två personer. När en tredje person dumt nog blandade sig i så eskalerade bråket och alla började slå mot alla. Själv var han varken orsak till bråket eller inblandad i slagsmålet på något sätt. Han tog skydd bakom bardisken när pavorna började vina genom luften.

- Någon stackare fick en pava i huvudet som tog så illa att skallen förmodligen sprack för han var stendöd när folkets poliser, som de kallas i Kina, anlände med batonger och elpistoler.

- Innan dess tryckte barägaren på alarmknappen så att dörren låstes. Ingen kom ut eller in förrän polisen kom. Samtliga vi som var i lokalen förutom personalen belades med handfängsel och föstes ut i gallerförsedda skåpvagnar. Vid framkomsten blev han själv bryskt inknuffad i en cell tillsammans med sju andra. Efter någon timme började vakterna hämta oss en efter en till förhör, men jag begrep ju inte vad de frågade om. Att jag blev utskälld eller anklagad för något det förstod jag på deras aggressiva attityd, men de slog mig i alla fall inte.

- Vi sju i cellen fick vatten och varsin skål ris. Efter det kom de med madrasser åt oss och så sov vi på golvet. Men klockan var redan över midnatt och de purrade oss tidigt med frukost så det blev inte mycket till sömn. Sedan upprepades proceduren från gårdagen och alla hämtades igen, en efter en. Men denna gång kom ingen tillbaka. Till slut var det bara jag kvar.

- Efter ytterligare en natt då jag var ensam i cellen blev jag också hämtad och fick stå inför någon panel som antagligen skulle föreställa en domstol.

88.

- Jag begrep inget av vad de sa då heller. Därifrån blev jag förd i gallerbil till ett läger där alla utom jag antingen var urkineser eller uigurer eller av något annat kinesiskt folkslag. I lägret tvingades jag och alla andra att putsa och bära marmor för det var ett stenbrott där dömda brottslingar fick arbeta av sitt straff med tvång.

- Jag hade dömts till 14 års straffarbete för dråp. Det fick jag veta efter ett år ungefär då jag råkade få kontakt med en fånge som kunde lite engelska.

- Jag var naturligtvis en tacksam figur att skylla olyckan på för de verkliga förövarna. Eftersom jag inte kunde språket så kunde jag inte förklara eller försvara mig. Mitt pass var dessutom stulet så de visste inte vem jag var eller från vilket land jag kom. Jag var inget annat än ett lämpligt offer för den korrupta lagens godtycke.

- Efter ytterligare ett år hade jag lärt mig lite kinesiska. I alla fall så pass mycket att jag förstod att jag och några till skulle förflyttas till ett annat läger då vi motades upp på ett lastbilsflak med tak av pressning där vi fick sitta längs in. En beväpnad vakt satt med på flaket med vapnet pekande mot oss för att vi inte skulle få för oss att hoppa av. Efter ett tag small det till och lastbilen började vingla hit och dit. Det var riktigt otäckt och vi höll i oss så gott det gick men ramlade till slut huller om buller när lastbilen körde in i en bergvägg.

- Jag tror att smällen var en punktering. Vakten på flaket sprang ut och vi också för bilen började brinna. Vakten och några till försökte få ut chauffören som troligen hade svimmat eller så hade han slagit huvet i vindrutan.

- I tumultet som blev såg jag att en fånge sprang iväg och jag hängde på naturligtvis. Vi sprang för allt vad vi var värda. Ut på ett fält först och över en kulle innan vi kom till en bambuodling. Där lyckades vi smita undan och gömma oss till natten. Som tur var fick vi våra egna kläder med oss i en kasse då vi skulle förflyttas. Vi bytte om från den grå fångkostymen till våra egna paltor som trevligt nog var rentvättade och snyggt ihopvikta. Fångkläderna grävde vi senare ner i jorden med händerna. På morgonen vågade vi fortsätta längre bort då åtminstone min medfånge såg ut som vilken kines som helst. Han sa åt mig att riva loss ett stycke av fångskjortan och vira det om huvudet som en turban så att jag inte skulle se västerländsk ut, och det gjorde jag.

- Vi gick på småvägar som kantades av odlingar tills vi kom vi till en större by där vi särade på oss. Den andre rymmaren, som var uigur, ville gå inåt landet, sa han och pekade ut riktningen. Men jag ville ta mig till en hamn vid havet så jag gick åt motsatta hållet.

90.

- Efter tre dagar såg jag havet på avstånd. Människorna längst vägen var som tur var mycket hjälpsamma. Jag bjöds på både mat och dryck. Det var varmt så jag sov ute under bar himmel. I alla fall så hittade jag till slut det jag sökte. Nämligen en hamn med en sjömanskyrka. Sådana finns överallt vid kuststäder över hela världen. Föreståndaren där var kines men kunde engelska så jag förklarade min situation som sjöman och vad jag utsatts för. De lovade att försöka hjälpa mig hem och gömde mig i ett valv under kyrkan medan de letade reda på ett fartyg som kunde ta mig med från Kina. Jag fick nya kläder och skor av dem. Vi sjöfolk håller ihop förstår du. I vått och torrt.

- Efter någon månad kom ett ryskt fartyg in för lastning. Det skulle avgå till Belgien och kaptenen accepterade att ta mig med under förutsättning att jag arbetade på resan. Så jag fick lära mig att laga mat och blev kock på köpet. Efter 2 månader till sjöss angjorde vi Antwerpen. Där blev jag ilandsmugglad och inkvarterad på deras sjömanskyrka med utegångsförbud då jag saknade pass.

- Efter ytterligare en månad kom ett Libanesiskt flaggat fartyg in som skulle till Karlskrona. Där kom jag med och smet iland i Karlskrona under natten. Jag fick respengar från sjömanskyrkan så jag kunde ta mig hit. Dumt nog uppgav jag mitt namn för kineserna så de vet vad jag heter och fotograferade mig gjorde de också.

- *Förmodligen är jag internationellt efterlyst.*
På sjömanskyrkan sa de att Sverige inte har något
utlämningsavtal med Kina så jag kan känna mig säker
så länge jag stannar hemma, avslutade Wolfgang.

- *Det var ett riktigt äventyr du råkade ut för,* sa en häpen
Engström. *Tur att det ordnade sig till slut. Även en*
olycka kan tydligen föra tur med sig om det så bara rör
sig om en liten punktering.

- *Jo men jag skulle helst vilja ut på sjön igen,* sa
Wolfgang *Men det vågar jag inte._Det är tolv år kvar av*
straffet om de får tag på mig. Kineserna har spioner
överallt och besättningslistorna är lätta att få tag i för
dem som kan betala. Men en får vara nöjd ändå. Hur
gör vi med namnet nu då. Du är ju jag nu förstår jag,
men vem ska jag då vara?

- *Tja du skulle ju kunna ta mitt riktiga namn och bli jag,*
sa Engström. *Då kan du ju åka ut på sjön igen. Jag är*
kanske nationellt efterlyst som försvunnen, för jag har
inte hört av mig på över två år. Det får jag kolla, och i så
fall kan jag ge mig tillkänna för myndigheten så avskrivs
försvinnandet, men internationellt är jag knappast
efterlyst. Reser du ut under mitt namn så hittar kineserna
dig aldrig. Jag har mitt körkort kvar och det gäller i tre
år till så med det som legitimation kan jag skaffa ett nytt
pass med ditt foto på åt dig.

92.

- Jag kan låta mantalsskriva mig under mitt gamla namn, Engström, här på gården för du måste ju vara skriven någonstans om du ska ut på sjön igen under mitt namn, sa Engström. *Rent konkret så föreslår jag att du tar min identitet och så skaffar vi ett id-kort i mitt namn men med ditt foto med hjälp av mitt körkort. Därefter ansöker vi om pass i mitt namn men med ditt foto på och så åker du ut på sjön. Jag stannar här under ditt namn och sköter gården och fåren. Vi får hålla kontakten under tiden. När du ledsnar på sjölivet kommer du hit så får vi diskutera då hur vi ska gå vidare. Blir det bra tycker du?*

- Det låter lite djärv, men det tycks som enda utvägen om jag ska komma ut på haven igen så jag går med på det, sa Wolfgang. *Jag får visserligen sämre arbete ombord för jag hade avancerat i graden till befaren Jungman, men nu får jag börja om. Det lustiga är att om jag blir du och du fortsätter att vara jag så får du följa med ut på världshaven du också om än bara till namnet.*

- Jag ska fixa ett pass åt dig men du behöver slipa lite på din kalmaritiska dialekt först, tyckte Engström med sin rikssvenska. *- Du måste försöka lära dig att säga riktiga R om du ska bli och låta som jag. Så öva på att inte bara prata den mossiga småländskan. I och för sig kan du annars skylla på att du lagt dig till med en annan jargong under värnplikten.*

Sjömanshistorier.

Wolfgang berättade att han fått precis det liv han ville och det var att bli sjöman. Ingen hade sagt åt honom att sjöman var ett otillräckligt yrke som man inte kunde leva på. Han var inget "ljus" i skolan och fick tillstånd att sluta redan som 15 åring. Sedan dess hade han gungat runt på haven från hamn till hamn. Han hade varit på alla kontinenter i alla världsdelar och fått se mycket av hur livet levs i andra länder.

- Men vad gör man om man blir sjuk mitt ute på havet, undrade Engström.

- De flesta långtgående fartyg har läkare med ombord, eller åtminstone sjukvårdskunniga. Blir det akut allvarligt så hämtas patienten med helikopter. Den vanligaste sjukdomen en sjöman får är vattenkoppor...hehe.

- Men det kan blåsa ordentligt ibland och då gungar det rejält så man får inte ha anlag för sjösjuka om man ska vara sjöman. Det händer att fartyg går under, som Estonia till exempel. Anledningen till att hon sjönk var att kaptenen gått i den öppna förskolan. Först åt han bogfläsk i mässen och sedan firade han i baren med att säga "botten upp" för att därefter "slå runt" med hela båtens besättning, alltmedan de vuxna passagerarna gjorde "vågen" uppe på däck och barnen roade sig med leken "hela havet stormar" i lekrummet.

94.

- I övrigt var den allmänna stämningen på Estonia rent ut sagt "i botten" för de som lade näsan i blöt. Men en del hade faktiskt "ett jävla flyt" på gummibåt även om det var svårt efteråt att identifiera alla eftersom den ene var den andre lik. Men så kan det gå om man öppnar luckorna för tidigt som man ofta gör med julkalendern. Efteråt skickade man ner dykare, vilket inte alltid är en så bra inriktning alla gånger för dyker man inte upp så har man antagligen drunknat. Eller så sitter man där på botten likt tjuren Ferdinand tillsammans med en korkad kapten och fluktar i en språkkursbok samtidigt som man lär sig allt flytande.

- *Kul*, sa Engström lite syrligt, då han tyckte att den historien var väl sarkastisk. *Själv brukar jag hålla mig till kanoter som bäverjägarna använde, eller ekor som flyter stilla fram. Bara man tar det med ro så går det bra.*

Skojarna.

En riktig och en oriktig Wolfgang Hannibahl satt på bussen mot Kalmar. Den riktige skulle fotograferas, vilket inte var någon svår uppgift. Engström skulle under tiden hämta personbevis på pastorsexpeditionen under förespegling av att vara sig själv, d.v.s. Engström i egen hög person. Vilket inte heller borde vara någon svår uppgift. I alla fall inte om detta skedde i Kalmar.
För på pastorsexpeditionen i Lessebo kunde han ju inte kliva in en gång till och nu påstå att han var Engström när han nyss varit där och presenterat sig som Wolfgang.

Precis som tidigare gällde det att få internationellt id först för att med detta senare kunna ansöka om pass.
Det började bli lite knepigt att hålla isär titlarna nu även för de här två riktiga skojarna vars gemensamma intresse var att bli någon annan än de i verkligheten var. Det gällde för dem att hela tiden tänka på vem man var i varje situation som kunde tänkas uppstå innan allt var riktigt på plats. Rätt man på rätt plats så att säga.

Den senare uppgiften, att både lämna in ansökan och hämta ut id-kortet för Roland Harald Florentin Engström, ankom av förklarliga skäl på den riktige Wolfgang Hannibahl. Dels var det ju hans foto som skulle bifogas ansökan. Dels var det med anledning av att Engström hade rest till Ljungby veckan innan.

Det knepiga i kråksången var att Engström varit i Ljungby där han klivit in på polisstationen och presenterat sig som Roland Harald Florentin Engström och uppvisat sitt körkort samt undrat om han möjligen var eftersökt.

Efter kontroll i plåtarkivets register konstaterade vakthavande befäl att eftersökt, det var han. Av sina föräldrar. Han uppmanades att omgående ge sig tillkänna och visa att han var vid liv, eftersom det hade ifrågasatts. I vilket fall som helst skulle polisen vara skyldig att upplysa om hans besök här i Ljungby.

Han uppmanades också att delge alla myndigheter sin nya bostadsadress om det var så att han inte hade för avsikt att återvända dit han var mantalsskriven. Bland annat Skattemyndigheten önskade få veta vart de skulle adressera hans post. Engström var förberedd på detta och sa att han ville att polisen redan nu skulle notera att han bodde på Ängsgården i Lessebo kommun. Men då blev han till sin besvikelse nekad eftersom han var i Ljungby. Detta fick han anmäla på polisstationen i Lessebo och i övrigt skulle han vända sig till Skattemyndigheten med en flyttanmälan.

Nåväl, tänkte Engström. På polisstationen i Lessebo kan jag ju inte kliva in en gång till och nu påstå att jag är mig själv. Det får bli en uppgift för Wolfgang i så fall. Men nu vet jag ändå att jag måste kontakta Skattemyndigheten och ändra adress annars blir jag eftersökt igen.

Wolfgang var helt säker på att ingen skulle känna igen honom i Lessebo. Han hade ju aldrig bott någon annanstans i Sverige än i Kalmar. På kyrkans pastorsexpedition tog han samma "rövare" som Engström och lade hans körkort på disken som ett test på om han uppfattades se ut som Engström på fotot. Eftersom ett fotografi hade "gått hem" åt ena hållet så borde det "gå hem" åt andra hållet också. Kvinnan bakom disken var den samma som expedierat Engström.

Hon tog upp körkortet och kontrollerade födelsedata med att fråga Wolfgang om när han var född. Som tur var, eller om det berodde på likhet eller kanske likgiltighet, så kom inte heller nu någon reaktion på fotot. Som den sjöman Wolfgang var så rabblade han upp sitt "nya" personnummer som rinnande vatten.

Han briljerade också med att kunna både namn och födelsedata på Engströms föräldrar. Trots att han pratade mest kalmaritiska så fick han ändå sitt falska personbevis och tackade för sig.

- *Ja då var den saken "Oscar"*, sa Engström när Wolfgang var tillbaka på Ängsgården. Men fick då omgående frågan om vem Oscar var.

- *Ähh, bry dig inte om det*, sa Engström.
Det är bara en småländsk variant av att "saken är biff".
Men två oförstående ögon fick honom att tillägga att allt var helt i sin ordning så långt. Skepp ohoj Wolfgang.

98.

Wolfgang berättade att det första fartyg han mönstrat på var ett danskt fraktfartyg som hette Maydy från Klitkoller på Jylland. Det gick mycket på Östersjöfart med bland annat spannmål till Tyskland. Fartyget gjorde även många turer till Bottenviken och trafikerade hamnar i både Sverige och Finland.

En kväll vid Borkum Riff, som ligger utanför Holland, fick han uppleva sjömanslivets faror på nära håll. Sikten var obefintlig på grund av kraftig dimma när två fartyg i närheten av Maydy kolliderade i farleden. Kollisionen var så kraftig att det ena fartyget inom kort förliste. Han hade blivit tillsagd att gå ut på däck och signalera med morselampan. Han kunde känna oljelukten och höra hur folk skrek i vattnet. Det var helt vindstilla som tur var. Besättningen på Maydy kunde rädda två personer. Ytterligare en besättningsman kunde räddas av sjöräddningen. I övrigt förolyckades alla ombord på det sjunkna fartyget.

Det var naturligtvis en fruktansvärd olycka. Men annars trivdes han bra på Maydy, sa han. Det var ett sammansvetsat gäng som trivdes ihop. Fartyget var gammalt och togs ur drift för fem år sedan.

Nu för tiden är det välordnade förhållanden ombord men i gamla tider var det andra bullar. Många dukade under, andra rymde och kom aldrig hem igen.

Sjömännen i den gamla handelsflottan hade tuffa och slitsamma liv. Sjömanslivet liknar inget annat arbetsliv. En sjöman bor på jobbet och kan inte gå hem efter arbetsdagens slut. Men en sjöman får även resa jorden runt och får betalt för det. Det har alltid varit lätt att romantisera sjömännens liv, med resor till fjärran länder och flickor i varje hamn. Men sjömanslivet innebär också långa perioder av isolering från hemmet och ett krävande arbete under ett hårt befäl.

De fartygskaptener som är kända för att ha varit mer eller mindre slavdrivare är många fler än de som ansågs goda. Hårda tag och sådant vi idag kallar mobbning var en del av vardagen för mången sjöman förr i tiden. Det gällde att vara "spantad för traden", det vill säga att både stå ut och att inordna sig i villkoren som gällde.

Nu börjar de oceangående fartygen bli allt större, liksom tankfartygen. Fram till nu har det varit mest så kallade styckegodsare på de mindre traderna, alltså fartyg där lasten transporteras på pallar, i tunnor och i lösvikt. Men nu börjar containerfartygen ta över alltmer. Och de är stora och kan bara angöra större hamnar där godset vanligtvis lastas över på långtradare. Det blir allt mindre av de mindre fartygen. Stordriften lönar sig bättre för handeln men kostar mer för rederierna som försöker snåla in på det mesta, även på besättningsantalet.

Blir det fel på ett stort fartyg så att det måste in på varv så är det kris. Rederierna är så bundna av leveransavtal att de stora fartygen bara måste fungera och tuffa på.

Så är det inte med de små fartygen som är relativt lätta att hitta ersättare till.

Detta har skapat ordspråket:
STOR BÅT - STORA BEKYMMER.
LITEN BÅT - SMÅ BEKYMMER.

Karlskrona.

Om det berodde på slapphändighet, aningslöshet eller att skojare är smartare än poliser är svårt att veta.

Wolfgang fick i alla fall sitt foto på både id-kort och pass i Engströms namn och personnummer. Inga problem där inte. Lätt som en plätt. Bara att hiva ankaret och segla ut på de sju haven igen under Engströms flagg i passet. Hemma bra borta bäst, sa Wolfgang när han reste till Göteborg där tjänsten som Jungman på ett fartyg väntade honom.

Engström däremot fick problem på hemmaplan. Brevlådan började fyllas med post adresserat till Roland Harald Florentin Engström - Ängsgården, Lessebo.

Ganska naturligt i och för sig eftersom Engströms mantalsskrivning ändrats. Numera heter det att man folkbokförs på en adress men innan dess hette det att man mantalsskrevs. Det mesta av posten var ointressant och bara att slänga. Engström sparade visserligen den mer privata posten men han varken läste eller besvarade brev hemifrån som kunde vara från vänner och bekanta. Det fick Wolfgang svara för i så fall. Det var ju Wolfgang som nu var han själv enligt alla identitetsregister. Det hade han klara papper på, så egentligen var all denna post Wolfgangs.

102.

Men Engström kunde inte låta bli att öppna breven som var adresserade till Engström från Skattemyndigheten, som numer heter Skatteverket. Där framgick att han blivit sköntaxerad två år i rad på grund av utebliven deklarering. Detta trots att han inte haft någon inkomst, vilket Skattemyndigheten naturligtvis inte visste på förhand och därför enligt praxis taxerade honom för samma inkomst han årligen haft innan värnplikten. Den felaktighet detta skapade var problematiskt och berodde helt och hållet på honom själv.

Så här i efterhand var det försent att vara efterklok, men han skulle naturligtvis tagit kontakt med Skattemyndigheten själv redan från början och begärt att få posten till Ängsgården. Nu hade det vuxit till en diger kvarskatt han inte kunde betala. Men det skulle nog gå att rätta till, tänkte Engström. I annat fall skulle Wolfgang få betala av skatteskulden med sin sjömanslön retroaktivt eftersom det var han som nu var Engström.

Till Engströms belåtenhet sköntaxerades däremot inte Wolfgang, trots att han också varit förvunnen i två år. Men det berodde på den så kallade 183-dagars regeln för sjömän som gäller vid anställning ombord på utländska fartyg. Regeln innebär att inkomst av anställningen på det utländska fartyget är skattefri i Sverige. Beskattning kan dock bli aktuell i exempelvis det arbetsland där fartyget är flaggat, enligt de skatteregler som gäller där, men det ordnar vanligtvis rederierna med avdrag på lön.

Tiden gick och post till Engström på Ängsgården
fortsatte att fylla på brevlådan nere vid landsvägen.
Mest var det oönskad reklam. Den mer personliga posten
räknade Engström som tillfällig. När polisen via
tullverket fick reda på att Engström klarerat ut i Göteborg
och befann sig utomlands, visserligen i form av
Wolfgang men det visste ju ingen, så skulle all post som
myndigheter i Sverige skickade med Engströms namn
som mottagare hamna hos sjömanskyrkan i Göteborg för
vidare befordran till det fartyg Wolfgang för tillfället
befann sig på. Det hade Wolfgang ordnat via postverket
i Engström namn givetvis. Allt lurendrejeri med
identiteterna var så utstuderat det kunde bli.

Personlig post och reklam skulle även fortsättningsvis
hamna på Ängsgården. Men detta fungerade tydligen inte
ännu så nästa brev från Skattemyndigheten slank igenom.

Engström var glad över detta då Skattemyndigheten
lät meddela att beslut tagits om att den felaktiga
sköntaxeringen omräknats och att påförda skatteskulder
avskrivits. För underlåtenhet att deklarera påfördes
Engström ett bötesbelopp som dock inte var alltför
betungande. Det beloppet kunde han ta med en
klackspark för det fick Wolfgang betala och det visste
han om. Jag är du och du är jag skulle gälla retroaktivt.

104.

All post adresserad till Wolfgang kom till Ängsgården
och skulle så förbli, för det var ju där han var skriven
i Engströms gestalt. Personliga brev till Wolfgang tänkte
Engström lägga i nytt kuvert med Engströms namn på
och skicka direkt till det fartyg Wolfgang befann sig på.

De två skojarna hade full kontakt med varandra så de
kunde agera om något oväntat dök upp. Och det var
precis vad det gjorde. Men då hade det gått 3 månader
sedan Wolfgang avrest. Ett brev från värnpliktsverket
damp ner i brevlådan. Wolfgang inte bara uppmanades,
han beordrades mot vite att infinna sig för nio månaders
värnpliktstjänstgöring i Karlskrona. Inställelsedatum låg
bara 3 månader bort i framtiden.

Himmel och pannkaka, tänkte Engström. Detta hade han
inte räknat med. Wolfgang hade alltså inte gjort Lumpen.
Och inte hade han tänkt på att fråga Wolfgang om detta
heller. Flottans vapenslag stod det och där ingick
sjötjänstgöring. Jo, men det var väl väntat med tanke på
Wolfgangs yrke.

Engström skrev omgående till Wolfgang att han måste
komma hem inom tre månader och göra värnplikten. Det
tog 2 veckor innan svaret kom och det var inte precis till
Engströms belåtenhet. Wolfgang tänkte inte alls göra
någon värnplikt.

Det har jag ju redan gjort, skrev han. *Det här med att jag är du och du är jag, det gäller retroaktivt. Det kom vi ju överens om. Lumpen är för min del avklarad eftersom jag är Engström nu. Du är ju jag nu så då får du baske mig ta konsekvenserna och göra den här värnplikten.*

- Du har ju ärvt gården efter Harry också, tack vare att du blev jag, så då är det inte mer än rätt att du ärver min värnplikt också. Lycka till!

Med hälsningar från din bäste **Wolfgang**.

Engström blev helt bestört över Wolfgangs attityd. Men faktum kvarstod. Om ingen av dem inställde sig i Karlskrona så var det han som skulle bli hämtad av polisen. Engström läste sig till att straffet för vägran att göra försvarsplikt var upp till ett års fängelse. Strafftiden var alltså längre än värnpliktstiden.

Engström överklagade utan resultat och tvingades infinna sig i Karlskrona där han riskerade att avslöjas eftersom han inte kunde ett dyft om sjömansarbete, vilket de säkert förväntade sig av en sjöman. Men Engström hade ett ess i rockärmen. Innan han åkte till Karlskrona så bokade han tid hos doktor Liljegren i Lessebo och förklarade att han var inkallad till sjötjänstgöring och ljög ihop en historia om att han tvingats sluta som sjöman då han drabbats av panisk sjöskräck. Läkaren skrev bussigt nog ett intyg åt honom.

Vid framkomsten till Karlskrona begärde Engström ett samtal med kaptenen för regementet och visade sitt läkarintyg. Han inkvarterades på ett logement och skulle få besked om några dagar.

Besked kom. Men det blev inte som han tänkt sig. Han hade hoppats på att bli frikallad, men kaptenen meddelade att värnpliktsnämnden hade hörsammat hans begäran om sjöfri tjänst och omplacerat honom till infanteriet i Boden.

Engström fick resebiljett med order om att infinna sig i Boden om tre dagar. Engström protesterade med hänvisning till att han drev fåravel och bara hade tillfällig hjälp med tillsynen av fåren av en granne.

- *Det kan vi inte ta hänsyn till,* svarade kaptenen barskt. *Svea rikets försvar kommer i första rummet. Du får allt ta och göra dig av med fåren. Jag skriver ut en veckas permission åt dig så att du kan ordna detta. Och så ska du vara innerligt tacksam över att du hamnade i Boden och inte i Luleå för där finns det vatten.*

- *Precis som om det skulle göra någon skillnad,* muttrade Engström. Men det var bara att bita i det sura äpplet och göra sig av med fåren, tömma stugan på vatten, stänga av elen för att till slut låsa dörren sent en januaridag och sätta sig på bussen mot Växjö järnvägscentral.

Ängstugans nyckel. (Epilogen)

Som en tusenfoting rullade det flera hundra ton tunga monstret fram genom landskapet. Skenet från dess gula pannlampa skar som en laserkniv genom nattens daggiga dis. Resan startade i Växjö och tog sikte på en dryg 135-milafärd med ändhållplats i fjärran där nio månader av krigiskt harvande väntade.

Gud ske lov var syftet inte krig utan att bevara freden. Hela det militära etablissemanget utgick från att fred enbart kan uppnås med kapprustning av soldater och vapenmakt.

Färden flöt på från snöblaskiga trakter upp mot den karga och iskalla norden. Allt gick som på glödande räls. Monstret av stål rusade över rall efter rall under dieselmotorernas malande muller vars energi sprakade i eldkaskader om banvallen. Genom natten i kylans gnistrande snökristaller ringlade sig ett tåg på hjul som en tusenfoting upp och ner i dalarnas mörka småländska granskogar för att därefter rulla ut på den mynnande östgötaslätten.

Detta dånande monster syntes ostoppbart ända tills lokföraren slog till bromsspaken. Tusenfotingens vagnar rätade prydligt in sig i ledet och rullade med ett gnisslande snällt in på perrongen i huvudstaden.

Fler eftersläntande blivande beväringar skulle plockas upp i de vagnar som var reserverade för det militära. Tysta som möss satt de vid fönstren i kupén och tittade på medan perrong och förstäder sakta försvann i ottans dis för att strax därefter ersättas med morgonskenets första strålar över den väldiga slätten i Uppland.

Precis som i vasaloppet skulle en lång resa i tiden med en drillning i ett motto av fädrens land för framtids segrar snart påbörjas för de hundratals pojkar som hädan efter skulle räknas som män.

Mitt ibland alla satt Engström, mannen som egentligen var näst intill i repgubbestadiet men skulle göras till en pojke igen beroende på sitt två yngre identitetsbyte.

Den militära inryckningen i civila kläder var startpunkten för ett nästan helt års harvande i snö och lera.

I skavande kängor på sommaren och på ovallade laggar iklädd kritvit skiddräkt på vintern.

Med mandom, mod och råg skulle rekryterna drillas i den rygg där även bössan hängde i sin rem.

Såväl kverulanter som simulanter skulle komma att tuktas med råge av barska befäl.

Engström var tillbaka där han började. Nu under ny skepnad inför ett nytt år i Lumpen. Det var bara att bita ihop där han satt och höll hårt i det föremål som var som en garant för tillräckligheten. Att om ett år kunna öppna en dörr med Ängstugans nyckel.

Gillis Berg
2022